Margarethe Alb

Minnelied

von der Gewalt
ewiger Liebe

© 2023

Margarethe Alb

Herstellung und Verlag: BoD – Books on Demand, Norderstedt

ISBN: 9783744855068

Amt für fantastische Lebensformen Thüringen

Autor: Margarethe Alb

Umschlaggestaltung, Illustration: Margarethe Alb

Margarethe Alb,

Niemöllerstr.8,

98593 Floh-Seligenthal

Wer gap dir, Minne, den gewalt,
daz dû doch sô gewaltic bist?
dû twingest beide junc und alt:
dâ für kan nieman keinen list.
nû lobe ich got, sit dîniu bant
mich sulen twingen, deich sô rehte hân erkant,
wâ dienest werdeclîchen lît.
dâ von enkume ich niemer: gnâde, küniginne,
lâ mich dir leben mîne zît!

Wer gab dir, Minne, die Gewalt,
Daß du so allgewaltig bist?
Du zwingest beide, jung und alt,
Dagegen gibt es keine List.
Ich lobe Gott, seit deine Band
Mich sollen fesseln, seit so recht ich hab erkannt
Wo treuer Dienst sei an der Zeit,
Da weich ich niemals ab: O Gnade, Königinne,
Laß sein mein Leben dir geweiht!

Walther von der Vogelweide

Inhalt

So klingt es doch harmlos, oder?

ODER?

Anna Mälzer wohnte schon so lange in einem der ältesten Häuser unterhalb der Ruine der Hallenburg, dass sich selbst die ältesten Steinbacher nicht besinnen konnten, wann sie in das Haus am Stadtrand gezogen war. Die alte Dame war für ihr Alter aber wirklich noch rüstig und ein Quell für alte Geschichten und Sagen rund um die Hallenburg und das gesamte Tal. Daher ist es nicht verwunderlich, dass man sie zum Burgfest bittet, eines der Märchen aus rauer Vorzeit zu erzählen. Und sie erzählt. Von Marie, der Tochter des Reginald von der Hallenburg, die vor ungefähr achthundert Jahren dort oben lebte. Vielleicht waren es aber auch hundert Lenze mehr oder weniger. Egal. Maries Mär zählt zu jenen, die nach Annas Meinung unbedingt berichtet werden muss.

Aber Achtung! Die Zeiten waren rau und auch so manche Sitte. Daher ist Annas Erzählung vielleicht nicht für zu zart besaitete Gemüter zu empfehlen!

Märchenoma

Anna Mälzer war für ihr Alter echt noch gut drauf. Das hatte ihr zumindest einer ihrer Enkel bescheinigt. Sie zählte immerhin weit über neunzig Lenze.

Anna genoss das Mittelalterspektakel, welches das Burgfest auf der Spielwiese nahe der Ruine der altehrwürdigen Hallenburg ausmachte, in vollen Zügen. Ihr schneeweißes, hüftlanges Haar bildete einen herrlichen Kontrast zu ihrem blutroten Kleid, dessen Schnitt an das angelehnt war, dass heute als „mittelalterlich" galt. Wobei sie diese modernen Versionen der Mittelalterklamotten super gern trug. Waren doch die verwendeten Materialien viel weicher und pflegeleichter als es die Originale je gewesen sein konnten. Davon abgesehen waren die Farben leuchtender, die Muster feiner gestaltet, und zwar ohne, dass sich eine Näherin die Finger beim Besticken blutig stechen musste. Oder gar sie selber mit der Nadel zu hantieren gezwungen war. Davon abgesehen hatte frau für anfallende Näharbeiten ja diverse technische Helferlein. Ihre schicke, sauteure Nähmaschine erledigte anfallende Arbeiten fast von allein. Sogar sticken konnte das Teil. Was sie in letzter Zeit ausführlich getestet hatte.

Anna nahm einen Becher aus glasierter Keramik von der Besitzerin des Kaffees, die heute auch einen mittelalterlich anmutenden Stand betrieb, entgegen.

Sie sog den Duft des frisch gebrühten Kaffees genießerisch tief in ihre Lungen. Der erste Schuck des fast noch kochend heißen Gebräus verbrannte ihr zwar die Zunge, aber das nahm sie nur zu gern in Kauf. Wer brauchte schon so viele Geschmacksknospen.

Schwarzer, starker Kaffee war etwas Feines. Es war ihr ganz persönliches Lebenselixier. Was sogar wortwörtlich zu nehmen war, war sie doch morgens, wenn die Maschine noch nichts von der bitteren Flüssigkeit ausgespuckt hatte, kaum anzusehen. Nicht, dass es nicht vielen anderen Menschen genauso ging, aber Anna war der Meinung, dass es bei ihr besonders schlimm war.

Genüsslich an ihrem Kaffee schlürfend, schlenderte sie an den hölzernen Händlerbuden und auch den Zelten der, für das Fest hier lagernden, Mittelaltervereine vorbei. Sie betrachtete die Auslagen der Handwerksleute, die lauter nützliche und dekorative Dinge mitgebracht hatten. Manche Sachen waren natürlich unbrauchbar, aber wer dachte da an solch einem Tag schon genauer darüber nach. Die Handwerker jedenfalls behaupteten, dass man ohne ihre Produkte nicht mehr auskommen könne. Oder so.

Lautstark boten einige von ihnen ihre Waren an, während andere es vorzogen, mit den Besuchern fröhlich zu schwatzen.

Hier kannte fast jeder jeden. Und wer sich nicht kannte, der lernte sich kennen. Oder kannte jemanden, den der andere auch kannte.

Anna begrüßte einige von ihnen, bevor sie am Stand des Schmiedes ein neues Messer für die Küche erstand. Handgearbeitete Klingen blieben einfach länger scharf und lagen sowieso besser in der Hand. Auch wenn im Hause Mälzer nicht sie die Köchin war und der Kochende eigentlich eher auf Klingen aus dem fernen Osten stand.

Wenn man an den Teufel dachte. Das laute Lachen war nicht zu verkennen. Murat, Annas Mitbewohner, verführte offenbar gerade wieder Leute mit seinen Zaubertränken. Der Meister des gepflegten Alkohols ließ es sich nicht nehmen, die Besucher höchstpersönlich in die Kunst des Mixens mit seinem geliebten Gin einzuführen. Er bot für Gäste, die noch fahren mussten, sogar eine alkoholfreie Variante an.

Der Gin-Dschinn war eine lokale Institution und nicht von derartigen Festen wegzudenken.

Sie trat näher und ließ sich gerade einen Gin-Tonic mixen, als ihr eine kleine Faust am Rock zupfte. Eigentlich zerrte der kleine Schwerenöter sogar ziemlich kräftig daran.

Gut, dass das Kleid maschinengenäht war, sonst hätte sie eventuell die Leute unfreiwillig mit ihrem Unterhöschen belustigt. Und wer wollte schon den Hintern einer so alten Schachtel, wie Anna es war, sehen? Niemand, so hoffte sie.

„Oma Anna, darf ich ein Schwert haben?"

Niklas, der jüngste einer Kinderschar, für die sie als Oma ehrenhalber fungierte, zupfte ihr am Ärmel. Anna hockte sich vor den Knirps.

„Bist du denn schon groß genug, eines ganz allein zu halten?" Der Kleine nickte, dass seine rotblonden Löckchen nur so flogen.

„Da drüben gibt es sooo tolle Schwerter. Und Schilde und Helme auch." Ah ja. Anna schmunzelte.

Da wünschte sich jemand also eine Komplettausstattung. Sie ließ sich zu einem Stand ziehen, wo es unter anderem wunderbare Gürteltaschen aus feinstem Leder gab. Und eben die perfekte Ausrüstung für den Jungritter. In der Hoffnung, dass Niklas' Mutter nichts dagegen einzuwenden hatte, erwarben sie einen Helm aus bedruckter Pappe, ein echtes Holzschwert und einen bemalten Schild. Nachdem sie vorhin erst seiner Zwillingsschwester ein Steckenpferd spendiert hatte, erschien ihr das alles nur recht und billig. Außerdem stand es einer Großmutter ehrenhalber sowieso zu, die Kinder zu verwöhnen.

Der Miniaturritter sprang kurz darauf johlend davon, auf der Suche nach Feinden, vor denen er seine Schwester beschützen konnte. Oder nach der Schwester, um diese zu ärgern.

Was wahrscheinlicher war.

Anna holte sich ein Eis mit Cappuccinogeschmack und ließ sich auf einer der zahlreichen Bänke nieder, um den sahnigen Geschmack auf der Zunge zu genießen. Außerdem wollten dann doch noch die verbrannten

Stellen gekühlt werden, die der heiße Kaffee vorhin hinterlassen hatte.

„Na, hast du die Gauner wieder zufriedengestellt?" Maria, die Mutter der Zwillinge warf sich neben ihr auf die Bank und schlüpfte aus den Schuhen. Sie wackelte mit den Zehen und stöhnte.

„Das tut gut. Sag mir doch bitte mal, wer die Schuhe erfunden hat und warum?" Anna grinste breit.

„Tut mir leid, das war vor meiner Zeit. Aber winters barfuß unterwegs zu sein ist nicht wirklich ein Genuss, Liebes. Und der Boden, auf dem wir heutzutage von Ort zu Ort eilen, ist auch nicht wirklich fußfreundlich. All der Beton und Asphalt. Früher waren wir auf Waldwegen und Wiesen unterwegs. Das war schön." Und viel zu lange her, da Anna zwischendrin ewig nichts davon unter den Füßen gespürt hatte.

Eine Maid in guter, handgearbeiteter Gewandung setzte sich zu ihnen. Anna bewunderte die Fingerfertigkeit der jungen Leute, die sich in ihr Mittelalterhobby so richtig reinknieten. Aber für sie wäre das nichts mehr. Ein Hoch auf Nähmaschine, Waschmaschine und Wäschetrockner. Jawoll.

Die junge Frau wrang überzogen theatralisch die Hände und warf Anna einen bettelnden Augenaufschlag zu.

„Anna. Du bist genau die Frau, die ich gesucht habe und hoffentlich meine Rettung. Die Märchenerzählerin ist ausgefallen. Sie hockt auf der Toilette. Hat sich den Magen verdorben. Sie schiebt es auf den Gin-Dschinn.

Was meiner Meinung nach absoluter Blödsinn ist, aber sei's drum. Kannst du für sie einspringen? Bitte." Maria kicherte neben ihr in ihren Becher mit heißem Apfelmost.

„Das kommt jetzt sooo unerwartet. Warum habt ihr sie nicht von vornherein gefragt?" Die Maid verdrehte die Augen.

„Das frage ich mich gerade auch. Anna, hilfst du uns aus?" Anna warf Maria einen strengen Blick zu. Immerhin wusste Maria, ganz genau, worüber Anna da erzählte, wenn sie die „Märchenoma" gab. Denn Maria war einer der ganz wenigen Menschen, die die Wahrheit hinter Anna Mälzers Dasein kannten. Aber was sollte es. Wenn sie schonmal da war, dann konnte sie auch aushelfen. Sie zerbröselte die leere Eiswaffel und warf diese den Spatzen, die bereits gierig tschilpend darauf warteten, zu. Ein Blick über die Gästeschar zeigte, dass sie sich nicht unbedingt an eine zarter gewobene Kindergeschichte halten musste.

Das Märchen, welches sie den versammelten Gästen nämlich stattdessen jetzt gleich erzählen würde, war das von einer Marie. Es berichtete von einer wunderbaren und selbstbewussten Jungfrau, der Tochter des Burgherren Reginald von der Hallenburg. Und diese spezielle Geschichte kannte sie in- und auswendig.

Burgfräuleins Tagwerk

In einer fernen Zeit, als die Welt noch ein Ort voller Magie und Märchen war, lebte auf der recht neuen und modern eingerichteten Hallenburg, oberhalb des heutigen Steinbach-Hallenbergs die Tochter des Reginald von den Hallenburgern, eine gar liebliche Jungfrau des Namens Marie.

Na gut, lieblich erschien sie im Augenblick nicht unbedingt, jagte sie doch gerade die versammelte Hundemeute der Burg aus der Küche.

Und fluchen konnte sie zweifellos. Kein Hund wagte es, langsamer zu werden, bevor er sich nicht in sicherer Entfernung zur Hausherrin befand. Lieber ließen sie sich von den Jägern anketten, als es zu wagen, zurück zur Küche zu strolchen. Obwohl es dort so unglaublich verführerisch nach Fleisch und Knochen duftete.

Grinsend schob Marie das Törchen zu, welches den inneren Hof vom Küchengarten und den Hundezwingern trennte. Als Tochter des Hausherrn oblagen ihr tagtäglich viele Pflichten, die sie allerdings fast alle wirklich gern übernommen hatte. Nach dem viel zu frühen Tod der Mutter war sie in ihre Rolle einfach so hineingeschlittert. Aber was hätte sie auch tun sollen? Jammern und Klagen? Das lag ihr nicht. Klar hätte sie den Vater einfach bitten können, eine Frau für diese Arbeiten einzustellen, aber warum?

Marie saß ungern herum, da konnte sie auch gleich mithelfen und die Alltagsgeschäfte übernehmen. Außerdem hatte die Mutter das auch alles selber erledigt. Und nur in der eigenen Kammer herum zu hocken, damit konnte sie sich, wie gesagt, überhaupt nicht anfreunden.

An diesem Nachmittag im späten Frühjahr war in der Küche die übliche Hölle los. Dichter Rauch stieg weithin sichtbar aus dem Kamin auf, da einer der Küchenjungen eben frisches Holz nachgelegt hatte. Die Luft im Inneren des Küchenbaus war geschwängert von Wasserdampf und den Gerüchen nach Brühe, reifen Frühäpfeln und frischem Brot.

Marie war wie üblich mit den Küchenmägden und dem Koch beschäftigt, alle Speisen und Gerichte für den Abend sowie den folgenden Tag vorzubereiten. Wenn nicht gerade die Hunde wieder hinter dem zum Braten vorbereiteten Rehrücken her waren.

Sie liebte es, dem Koch Arbeit abzunehmen und das Brot zu backen sowie eigenhändig zu brutzeln und zu garen. Für die Burgleute war es wichtig, gut zu essen. Wer satt und zufrieden war, erledigte seine Aufgaben auch gleich viel besser gelaunt.

Ein lauter Schrei schreckte alle auf. Eine hohe Stimme begann, jemanden unflätig anzukeifen und etwas landete laut klappernd an der Außenwand der Küche.

„Nicht schon wieder." Marie sprang auf und flitzte an der Seite des Kochs raus auf den Hof.

Wie es aussah, würde es abends keinen Kuchen und auch keine Eiergerichte geben, denn die dürre Liese, eine junge Magd mit strohblonden Zöpfen, sammelte gerade die Eierschalen vom Boden auf. Ein dicker Kater schlabberte bereits an den Resten der guten Hühnereier herum. Einer ihrer Holzpantoffeln lag neben der Küchentür. Der Schuh war zum Glück auf trockenem Boden gelandet. Hätte aber auch schief gehen können, denn gleich damit befand sich die Stelle, an der die Mägde oftmals das gebrauchte Wasser ausgossen. Auch, wenn sie dieses eigentlich unter die Obstbäume zu gießen angehalten waren.

„Der Griebel wars!" Liese deutete auf den Ziegenbock, der mit unschuldiger Miene am Zaun zum Kräutergarten stand. Marie verkniff sich ein Grinsen. Der alte Bock wußte nur zu genau, wie er die Mägde triezen konnte und nutzte es gnadenlos aus, wenn jemand es vergaß, das Törchen abzusperren.

„Hättest ihn eben vorher wegsperren sollen." Der Koch schüttelte den Kopf.

Der Bock war nun einmal in den Augen des Gesindes ein boshaftes Vieh. Der Leibhaftige in Person, wie der Geistliche, der hin und wieder auf die Burg kam, nicht zu erwähnen müde wurde.

Und er liebte es, gerade die Liese zu erschrecken. Niemand sprang vor Schreck so herrlich hoch, wie die junge Frau. Der Koch zuckte mit den Schultern und wandte sich zurück in sein Reich.

Marie hingegen, schnappte das Biest bei den Hörnern und schob ihn in den Verschlag, der für die Ziegen errichtet worden war. Immerhin vermutete sie, dass sie diejenige nur zu gut kannte, die vergessen hatte, das Tor zu schließen. Wer hatte denn soeben die Hunde da durch gescheucht? An die eigene Nase fassen, das musste sie sich. Marie wandte sich zur Liese um.

„Geh schauen, ob du vielleicht noch ein paar Eier in den Nestern findest. Wenn nicht, geh ins Dorf herunter und frag bei einer der Bäuerinnen nach. Nimm als Gegenleistung Korn für die Hühner mit."

Sie beobachtete, wie Liese im Hühnerstall verschwand und trat zurück zur Küchentür.

Die Küche befand sich, wie üblich, in einem extra Gebäude, da die Gefahr, dass eine Burganlage abbrannte, wenn in den Hauptgebäuden gekocht wurde, doch seit jeher sehr groß war.

Vor ihr herrschte das tägliche Gewimmel. Zwei der älteren Frauen stritten sich lauthals um ein Kräuterbund und etwas Gemüse. Die ältere der beiden fuchtelte mit einem Bund Möhren vor der Nase der anderen Magd herum, um ihre Aussagen zu unterstreichen. Der Junge, der den Bratspieß drehte, pfiff dazu die Melodie eines frechen Liedchens, welches ihm erst letztens ein reisender Barde beigebracht hatte.

Eine der leicht schrumpeligen Karotten löste sich vom Kraut. Wie ein Geschoß flog sie ausgerechnet durch die Tür bis in den Hof, wo sich Olina, die dicke Muttersau, noch im selben Augenblick darauf stürzte.

Marie wich dem Schwein gerade noch aus und lehnte sich in den Türrahmen.

„Mein Mädchen." Der wohlbeleibte Koch trat zu ihr und umarmte sie kurz.

„Du solltest nicht immer Küchendienst tun. Du bist hier die Herrin und müsstest eigentlich fein herausgeputzt die Bediensteten anleiten und nicht selber schuften." Marie schüttelte lächelnd den Kopf.

„Ich mach es doch gern. Das Kehren der Böden und das Waschen der Wäsche hingegen, das gebe ich gern in andere Hände." Sie hasste es, wenn der Staub beim Auskehren aufwirbelte oder sie die Laken und Kleider der Burgbewohner im kalten Wasser einweichen musste. Aber das meistens fröhliche Leben in der Küche, das mochte sie gern.

Diesmal ein feines Burgfräulein

„Hier bist du also. Sieh zu, dass du ausnahmsweise einmal in ein vernünftiges Gewand schlüpfst, wir erwarten Gäste. Und Marie," der Vater hob den Zeigefinger, „beeil dich."

Marie ließ den Kopf nach vorn auf die Brust fallen. Wenn Fremde auf die Hallenburg kamen, dann musste sie sich wirklich und wahrhaftig wie ein feines Fräulein benehmen. Was eine standesgemäße Gewandung einschloss. Dieses Versprechen hatte der Vater ihr vor einer Weile abgenommen, nachdem ein hoher Gast sie für eine der Stallmägde gehalten hatte.

„Nun geh schon, Mädel. Mach dich fein und setzt dich an den Tisch. Und vergiss nicht, eine edle Stickerei mitzubringen! Damit es wenigstens für Gäste so aussieht, als ob du nur lebst, um den hohen Herrschaften zu gefallen. Denk daran, weibliche Künste und so." Marie beobachtete schmunzelnd, wie nun der Vater dem Koch spielerisch eins hinter die Ohren gab.

Jeder hier wusste, dass Marie keinerlei Geduld für auch nur halbwegs als edel durchgehende Handarbeiten hatte.

„Und grüß das Gespenst von uns!" Jetzt bekam der Spießjunge vom Koch einen alten Apfel an den Hinterkopf geworfen, während die Mägde laut johlten.

Auch Marie lachte, doch tief im Bauch grummelte es. Sie mochte den Gedanken an die weiße Frau nicht, die regelmäßig durch die Flure der Burg wandelte. Viel zu häufig beherrschte diese Maries Gedanken, auch wenn sie sich eigentlich auf andere Dinge konzentrieren sollte. Und was sie am meisten bereute war, es in der Küche angesprochen zu haben. Nachdem sie der Weißen zum ersten Mal begegnet war, hatte sie nachgefragt, was es mit dem Gespenst auf sich haben könnte. Während die Frauen verstummt waren und es in der eigentlich warmen Küche so kalt geworden war, dass sie alle eine Gänsehaut bekommen hatten, hatten sich die Küchenjungen lauthals über die Weibsbilder, die an jeden Spuk glaubten, lustig gemacht.

Aber Marie wusste es inzwischen besser. Sie hatte sich eines Nachts ein Herz gefasst und die Weiße angesprochen, als diese ihr auf dem Weg zu ihren Gemächern erneut begegnet war.

Nur Marie allein kannte die Geschichte, wer genau da klagend und gebeugt von Gram und Trauer allnächtlich durch eine ganz bestimmte Mauer drang.

Sie nahm einen Umweg, anstatt auf direktem Weg zu ihrem Gemach zu gehen und legte die Hand auf eine ganz spezielle Stelle an der Grundmauer der Burg. Dieser Teil der Anlage war einige Generationen älter als die hübsche Burg ihres Vaters.

Der damalige Baumeister war noch vom alten Glauben gewesen und hatte etwas getan, dass ihr auch heute noch das Herz brechen ließ.

Sie strich andächtig über den kleinen Teil der Wand, der immer etwas kälter schien als der Rest und lief zu ihren Räumen.

Die ihr zugeteilte Magd erwartete Marie bereits ungeduldig. Frische Kleidung lag auf ihrem Bett ausgebreitet und eine Schüssel mit warmem Wasser stand vor dem gut geschürten Feuer des Kamins.

„Der Herr von Henneberg wird erwartet, da könnt Ihr nicht wie ein dahergelaufenes Weibsbild auftreten. Sputet Euch, Euer Vater hat mich angewiesen, dass ich dafür zu sorgen habe, dass Ihr auf jeden Fall pünktlich unten erscheint."

Flink löste das Mädchen die Verschnürung von Maries Kleid und zog es ihr über den Kopf. Sie musterte ihre Herrin mit zusammengekniffenen Augen, während sie deren Haar löste.

„Das Unterkleid geht noch, das können wir lassen. Aber diese alten Schuhe könnt Ihr in der großen Halle nicht tragen. Nicht, wenn so wichtiger Besuch erscheint." Seufzend schob Marie sich ihre herrlich weich gelatschten Lederschuhe von den Füßen. Sie ließ sich von ihrem treusorgenden Lenchen die neuen, noch nach frisch gegerbtem Leder riechenden Treter reichen. Die Dinger waren für ihren Geschmack viel zu zierlich und für den Gebrauch durch eine Burgherrin überhaupt nicht geeignet. Jedenfalls dann nicht, wenn diese sich nicht nur mit feiner Handarbeit in ihrer Kemenate beschäftigte.

Marie wusch sich Gesicht und Hände, bevor sie zuließ, dass die Magd ihr ein weiches, mit Goldfäden durchwirktes Oberkleid überzog und die Haare zu einer kunstvollen Frisur flocht.

Zu einer Krone aufgesteckt sah es zwar unter dem zarten weißen Schleier niemand, aber ein aufmerksamer Betrachter konnte erahnen, dass sich ein aufwendiges Geflecht darunter verbarg. Als Marie sich in dem schlichten Handspiegel betrachtete, der auf dem Tischchen neben ihrer Schlafstatt bereitlag, erkannte sie die wahre Kunstfertigkeit Lenchens. Es wirkte, als steckte eine viel aufwendigere Flechtarbeit unter dem feinen Tuch. Marie knickste vor ihrem Spiegelbild. Bevor sie diesem die Zunge herausstreckte. Was ihr wiederum von Lenchen einen bösen Blick einbrachte.

Hoher Besuch. Wie langweilig.

Der Abend schien sich ewig hinzuziehen. Vor allem, da Marie nichts weiter zu tun hatte, als hübsch und adrett auszuschauen, mit den Gästen zu scherzen und zu speisen, sowie allerhöchstens dem Gesinde ein paar Aufträge zu geben.

Der vornehme Herr Graf von Henneberg plante, einige Tage auf der Hallenburg zu bleiben und mit ihm seine Ritter sowie dessen Kinder. Was bedeutete, Marie war in deren Gesellschaft gefangen. Sie hasste es jetzt schon, herumzusitzen und bedeutungslose Gespräche zu führen. Des Grafen Nachwuchs war zwar ungefähr in Maries Alter, aber bereits nach wenigen Augenblicken war ihr klar geworden, dass sie nichts, aber auch gar nichts, gemeinsam hatten. Da war erstens ein wunderhübsch anzusehendes Fräulein im heiratsfähigen Alter sowie deren Bruder, der, nach den Worten des Vaters, auf Brautschau war.

Das konnte ja heiter werden. Während ihre Unterhaltungen sich ausschließlich um edle Gewänder, feinste Stoffe und Juwelen drehte, versuchte er Marie dauernd schöne Augen zu machen.

Marie, die sich ganz weit weg von der Halle sehnte, saß noch dazu den Geschwistern leider direkt gegenüber am Tisch.

Es wäre ihr sogar recht gewesen, nächtens die Wäsche im eiskalten Bach zu spülen oder die Dachkammern zu putzen.

Und das hasste sie normalerweise wie ein Furunkel am Hinterteil. Mindestens.

Marie würde alles auf sich nehmen, um diesen Abend nicht überstehen zu müssen.

Aber der Vater, der mit Sicherheit ahnte was in ihr vorging, warf Marie immer wieder strenge Blicke zu. Die von der Sorte, die eher Drohungen waren.

Flucht schied daher aus. Ihn zu blamieren, kam nicht in Frage.

Marie beobachtete deshalb das ziemlich verschiedene das Geschwisterpaar, dass sich inzwischen untereinander kabbelte und sich permanent beim Gesinde beschwerte. Und trotzdem alles futterte, was auf die Tafel kam.

Während Irmengarde kein Gericht ausreichend gewürzt und kein Wein süß genug war, schob der wohlbeleibte Carolus alles mit beiden Händen in sich hinein. Fett und Bier tropften von seinem Doppelkinn auf die waldgrüne Tunika und hinterließen hässliche Flecken. Marie konnte den Blick kaum davon abwenden, während ihr die Waschfrauen auf der Burg der Henneberger leidtaten. Oder ob Carolus jedes Kleidungsstück nur einmal trug?

Ein Minnesänger, der vor einigen Wochen auf der Hallenburg geweilt hatte, hatte ein ziemlich boshaftes

Lied von einem Prinzen gesungen, der so reich war, dass er nicht mal ein Untergewand doppelt anzog.

„Marie? Hörst du uns überhaupt zu?" Die Stimme des Vaters riss sie aus ihren Gedanken. Sie riss den Blick von Carolus' Brust weg und schaute auf.

„Entschuldigt, ich war in Gedanken."

„Unser Gast fragte gerade, ob uns ein geheimer Gang bekannt sei. Er soll über eine große Strecke bis hinunter zu den heiligen Männern führen." Marie verschluckte sich an dem Apfelstück, an dem sie gerade kaute. Als sie endlich aufhörte zu husten und wieder Luft bekam, schüttelte sie den Kopf.

„Das ist mir neu." Ihre Stimme krächzte wie die des zahmen Raben, der über dem Burghof in einer der Scharten der Mauer lebte und welcher ganz gut die menschliche Sprache zu reden im Stande war.

Der Vater nickte zustimmend und wandte sich dem Grafen zu.

„Wer hat Euch denn davon berichtet? Wie Ihr wisst, haben mein Vater und ich die Burg neu auf den Ruinen der alten Festung errichten lassen. Von einem Geheimgang, noch dazu durch den Fels, habe ich bis heute nichts gehört." Er wandte sich Marie zu, um noch einmal, dieses Mal wortlos, nachzufragen. Aber sie hob nur ratlos die Schultern. Weder ein Gang zu den Rittern des Kreuzes noch sonst ein Geheimgang war ihr bisher unter die Augen gekommen.

„Ich habe auch vom Gesinde noch nichts darüber munkeln hören. Aber ich kann mich gern einmal

26

umhören. Wenn ich auch bezweifle, dass es einen Eingang gibt, den noch niemand entdeckt hat." Reginald ließ das Bier in seinem Humpen kreisen.

„Zumindest beim Errichten der neuen Mauern hätten wir etwas finden müssen. Der Baumeister hat alle Fundamente und Keller geprüft, bevor er begonnen hat, das Mauerwerk zu errichten."

Carolus hob den Kopf und fuchtelte mit einem blankgenagten Hühnerknochen in der Luft herum. Ein ekelhaftes Benehmen hatte der Adlige, nach Maries unerheblicher Meinung.

Einzig Reginalds Lieblingshund fand das Rumgewedel toll. Er wartete schwanzwedelnd darauf, dass Carolus den Knochen endlich werfen würde.

„Ein Tunnel, er durch das halbe Gebirge geht? Den muss ich finden. Die Kreuzritter sollen ja unerhört reich sein. Endlich passiert hier mal was. Leute, das Gold ist unser." Er schob seinen Teller zurück.

„Du würdest ja nicht mal durch die Tür eines Geheinganges passen, Bruderherz. Geschweige denn, dass du schlau genug wärst, einen Eingang zu finden." Irmengarde rümpfte das ziemlich hoch getragene Näschen.

„Als ob du dich herablassen würdest, in einen Keller oder ein Verlies zu gehen. Huuuu, da könnte es Gespenster geben. Oder Spinnen groß wie Wagenräder!" Carolus stach seiner Schwester einen fleischigen Zeigefinger in die Seite. Diese erblich auch direkt und ihr Antlitz nahm eine ungesunde Farbe an.

Fast schon grün färbte es sich. Marie grübelte kurz, ob die Erwähnung des Gespenstes oder doch die Spinnen das plötzliche Unwohlsein der Adligen hervorgerufen hatte. Aber auch sie erhob sich, da die Geschwister bereits auf dem Weg aus der Halle waren.

„Man zeige uns die Burganlage und öffne alle Türen. Wenn es einen Geheimgang gibt, befinden sich an dessen Ende ganz sicher Schätze aus Gold und Juwelen. Und wenn er zu einer Festung eines Kreuzritterordens führt, umso besser. Dann sind die Schmuckstücke aus dem Heiligen Land und orientalisch, also wundervoll. Du da", sie wies auf Marie,

„Führe uns. Möge der Bessere gewinnen."

„Geht schon, Kinder. Und wenn ihr Herrn Reginalds Schatztruhe findet, so bringt sie mir." Nur über Maries Leiche würde das geschehen. Aber die Wahrscheinlichkeit war sowieso gering, denn die Kiste mit den Münzen stand sicher verwahrt an einem geheimen Ort, den sie den Geschwistern niemals zu zeigen plante. Und von allein kämen diese da sowieso nicht drauf. Nicht bei dem, dass die Truhe bewachte.

Als die Zeit für das Abendmahl herangekommen war, waren Marie, Irmengarde und Carolus von Kopf bis Fuß staubig. Der guten Irmengarde klebten sogar Spinnweben im Haar. Beinahe widerwillig musste Marie zugeben, dass es Spaß gemacht hatte, durch die Burganlage zu streunen. Als kleines Mädchen hatte sie solche Ausflüge zuletzt unternommen, als sie noch mit den Kindern des Gesindes spielte und viele Freiheiten genossen hatte.

Als Burgherrin, deren zahlreiche Aufgaben ihr ja nun oblagen, waren solche unbeschwerten Tage nicht mehr drin. Vielleicht hatte Marie sich gerade deshalb so sehr amüsiert, weil keinerlei Verpflichtung hinter der Suche stand.

Sie hatten die Wände abgeklopft, Körbe und Truhen verrückt und die Mägde schlichtweg zum Wahnsinn getrieben. Einmal war Carolus schnell wie ein Kugelblitz aus einem der Verliese gestürmt, da er meinte, eine Ratte gesehen zu haben. Wohingegen seine Schwester glaubte, dass es sich um eine riesige Spinne gehandelt hatte.

Vermutlich war es nur eine der rostigen Ketten gewesen, die am Boden lagen, da auf der Burg schon ewig niemand mehr gefangen gehalten worden war. Mit großer Freude fand Marie allerdings eine Truhe voll mit Zinnbechern und einem wunderschönen Handspiegel. Irmengarde wies sie allerdings fast im selben Augenblick darauf hin, dass das Ding zwar ganz nett anzuschauen, aber doch wertlos sei.

Aber Marie gefiel er. Auf dem Griff waren zarte Glockenblumen eingraviert worden und der Rahmen war mit Efeuranken verziert. Und Becher konnte ein Haushalt nie genug haben.

Sie entdeckten außerdem ein abgebrochenes Schwert, zwei längst vergessene Gemälde vom Vorgängerbau der Burganlage und ein von Motten zerfressenes Banner.

Aber es fand sich keine Tür, die nicht zu einem bekannten Raum führte. Auch bei den blanken Felsen unter den Grundmauern der alten Festung waren sie nicht fündig geworden.

Es wäre auch ein Wunder gewesen, wenn sie einen solchen Tunnel aufgespürt hätten.

Um zur Festung der Kreuzzügler zu Kühndorf zu gelangen, hätte der Gang nach unten ins Tal, durchs Dorf und dann wieder durch den Berg führen müssen. Zu Pferd brauchte man, wenn man zügig ritt, ungefähr zwei Stunden bis zu den Johannitern. Das kam Marie alles sehr märchenhaft vor, ganz so, als hätte es sich einer der alten, fast blinden Geschichtenerzähler auf einem der Jahrmärkte gerade ausgedacht.

Und dem hätte niemand geglaubt. Höchstens die Buben und Mädchen, die sich immer um die Barden und Erzähler versammelten, als gäbe es süßes Backwerk für umsonst.

Frisch gewaschen warf Marie einen Blick in die Küche.

„Was tust du hier? Mach dich in die Halle, Marie. Heute benimmst du dich gefälligst einmal wie die Herrin und nicht wie eine von uns!"

Der Koch schob sie eigenhändig zurück in den Gang und schloss demonstrativ die schwere Eichentür vor ihrer Nase.

Oh je. Verblüfft schüttelte sie den Kopf und machte sich auf den Weg, dem Abendmahl beizuwohnen.

Wie es aussah, würde sie eine weitere Verwandlung durchmachen. Was für ein verrückter Tag da doch war.

Von der arbeitenden Hausherrin zum Fräulein, dann zum ausgelassenen Kind und nun machte sie sich daran, wieder als feine Dame zu Tisch zu sitzen.

Ihr war warm, die in das Unterkleid gewebten Silberfäden kratzten auf ihrer Haut und die Schuhe drückten. Wie hielten die Fräulein, wie Irmengarde offenbar eins war, dass bloß tagtäglich aus? Oder war Maries Bekleidung einfach schlecht gefertigt? Das Material nicht so edel, wie ihr der Händler erst letztens eingeredet hatte?

Also, dass die Gewänder schlecht geschnitten und genäht waren, dass glaubte sie schon mal nicht, schwang sie doch meistens selbst die Nadel. Na gut, hin und wieder. Manchmal. Aber über den Zuschnitt der Stoffe wachte sie immer.

„Nein, Herr, es gibt keine Tür zu einem verborgenen Tunnel. Fragt eure Kinder."

Marie verdrehte innerlich bereits zum dritten Mal die Augen. Was hatten die Gäste nur mit diesem Geheimgang. Vor allem, wofür sollte der gut sein? Die Burg war eine Art Verwaltungssitz und Schutzfeste. Hier gab es keine unendlichen Schätze, die in Sicherheit gebracht werden mussten. Nicht mal der schmuddelige Odo von der Moosburg, die in Sichtweite auf einem Felsen thronte, hatte jemals Interesse daran gezeigt, die Hallenburg ausrauben zu wollen. Und der überfiel alles, was auch nur den kleinesten Gewinn versprach. Der Vater musste ihn regelmäßig aufsuchen, um ihn zur Mäßigung anzuhalten.

Wozu sollte also ein solcher Tunnel gut sein? Aber vor allem stand die Frage, warum waren die Henneberger so darauf aus, diesen zu finden? War es wirklich nur eine Mär, die sie irgendwo vernommen hatten oder steckte mehr dahinter? Beschützte die Hallenburg vielleicht doch einen größeren Schatz als ihnen bewusst war?

Marie beobachtete, wie die Gäste die gebratenen Hühner und Enten in sich hineinstopften, dem Wein zusprachen und dabei laut plauderten. Sie selber hatte ihren Wein mit Wasser verdünnt und aß nur etwas Brot und Gemüse.

Hier war etwas im Gange, dass ihr, trotz des Vergnügens, welches die Suche mit den Henneberger Geschwistern ihr verschafft hatte, Bauchgrimmen verursachte.

Der Mälzer, der unterhalb der Burg in einem geräumigen Haus lebte, spielte nach dem Essen mit seiner Flöte auf, wobei Marie ihn mit ihrer geliebten Laute begleitete. Die fröhlichen Weisen lenkten sie endlich von den Sorgen ab. Außerdem entkam sie Carolus auf diese Weise, der ihr beim Essen schon wieder dauernd schöne Augen gemacht hatte.

Und alle Bewohner der Burg konnten endlich einmal wieder tanzen und selber einen Wein oder einen Humpen Bier leeren. Marie beschloss, häufiger solche unbeschwerten Abende zu veranstalten.

Nach relativ kurzer Zeit torkelten zwei Soldaten an den Armen ihrer Gemahlinnen aus dem Palas, der Koch erzählte an einem der Gesindetische unlustige Witze und der Jäger schlief an seinem Platz.

Drei Hunde schnüffelten unter den Tischen, die aus auf Böcke gelegten Platten bestanden, nach Resten des Fleisches vom Mahl. Der wohlbeleibte Hofkater hingegen suchte nicht, er mopste sich eine Scheibe Braten vom Brett des im Schlaf sabbernden Jägers. Die Luft war schwanger von Lachen, Schweiß und Essensdüften.

Marie warf sehnsüchtig einen Blick durch eines der schmalen Fenster. Sie gäbe alles, um den Tisch zu wechseln oder zu flüchten.

In der Ferne zog gerade ein ziemliches Unwetter heran. Trotz der Dunkelheit des späten Abends erkannte sie die dicken Wolken, die mit atemberaubender Geschwindigkeit über den Himmel rasten. Der Wind frischte auf und zerrte an den Läden vor den schmalen Fenstern.

Marie trat an eines der schmalen Fenster, gerade als die ersten Tropfen vom Himmel fielen. Im nächsten Augenblick öffnete der Himmel seine Schleusen. Regen rauschte wie aus Eimern gegossen und in der Ferne donnerte es auch schon bedrohlich.

Die Nacht versprach wild zu werden. Während die Burgleute zunehmend unruhig wurden und sich nach und nach zurückzogen, tranken der Vater und seine Gäste fröhlich weiter.

Nachtleben

Irgendwann schickte Marie den Mälzer nach Hause, da dieser unbedingt zurück zu seiner Familie wollte und zog sich selber zurück. Ihr Fehlen schien am Herrschaftstisch gar nicht aufzufallen.

Als es endlich sogar in der Halle des Palas ruhig wurde, beschloss Marie, doch noch einen letzten Rundgang zu machen. Nicht, dass eine der Mägde wieder mal eine Kerze übersehen hatte und diese während einer Sturmböe die Burg in Brand steckte. Aber alles war dunkel. Nur das Herdfeuer in der Küche glomm noch dunkelrot.

Gerade, als Marie beschlossen hatte, nun zu Bett zu gehen, geschah es.

Sie zuckte zusammen. Die Härchen auf den Unterarmen stellten sich auf.

Markerschütternde Schreie hallten von den Wänden wider. Marie hob die Röcke auf und sprintete auf die Ursache des Lärms zu. Es hörte sich an, als würde jemand um sein Leben kämpfen.

In einem der engen Flure, genau dem, der den Wohnturm mit der Wehrmauer verband, saßen Carolus und Irmengarde auf dem Boden und hielten einander fest umklammert.

Irmengarde schrie aus vollem Halse, als würde ihr jemand die Daumenschrauben anlegen.

Carolus wimmerte leiser, während er seine Schwester beschützend im Arm hielt. Marie meinte, einen weißen Schimmer in die Wand verschwinden zu sehen.

Sie bremste, gleichzeitig mit mehreren Knechten, ab und kam vor den Geschwistern zu stehen. Die Männer hielten starke Knüppel in den Händen, einer hatte sogar sein Messer aus der Scheide gezogen.

„Dddda." Carolus deutete auf die aus groben Steinen errichtete Wand vor ihnen.

„Dda war es. Ein Gespenst. Ein echtes Gespenst mit einer schrecklichen Fratze. Es war ein grausiger Anblick. So etwas entfernt man doch, bevor Gäste kommen. Seid ihr etwa zu dumm, ein Gespenst zu bannen, oder was?" Seine Stimme war zu einem heiseren Flüstern geworden. Er zitterte wie das Laub der Espen unten am Fluß während einer Sommernacht. Irmengarde schluchzte leise vor sich hin.

„Ich will hier weg. Bringt mich nach Hause." Oha. Wie es aussah, waren sie Anna, der uralten Hüterin der Mauern, begegnet. Hatte Marie es doch richtig gesehen, die weiße Frau hatte sich, als die Henneberger aufschrien, durch die Wand davongemacht. Die Weiße hatte manchmal einen wirklich eigenen Sinn für Humor. Die eingebildeten Grafenkinder zu erschrecken, passte ganz genau zu ihr. Vermutlich hatte die gute Anna deren affektierte Gestik genau imitiert, als sie ihnen aufgelauert hatte.

Mit einem lauten Poltern drangen nun auch der Vater und der Henneberger zu ihnen vor.

Das schwere Portal zum Wohnturm knallte gegen die Wand, als die Herren hindurchstürmten.

„Was ist hier los?"

„Vater. Da war ein Geist. Er stand direkt vor uns." Irmengarde warf sich ihrem Vater in die Arme.

„Es war schrecklich. Es wollte uns umbringen. Seine Augen haben rot geglüht. Ich will hier weg." Ein leises Schnauben ließ Marie aufschauen. Ihr Vater musste sich ganz offensichtlich das Lachen verkneifen. Sie warf ihm einen strengen Blick zu. Marie schüttelte fast unmerklich den Kopf, um ihn zur Räson zu bringen. Weder Anna noch die Gäste würden es komisch finden, wenn er sich jetzt vor Lachen nicht wieder einbekommen würde.

„Lasst uns doch erstmal unsere Gäste auf ihre Kammern bringen. Bei dem Wetter kann hier niemand weg. Weder zu Fuß noch zu Pferd kommt heute Nacht jemand den Berg hinab. Von einem Wagen ganz zu schweigen. Das Wasser fließt in Strömen ins Tal. Komm, Irmengarde, ich bringe dich zu Bett." Marie pflückte die weinende Jungfrau von deren Vaters Brust und führte diese zu den Treppen, die zu den Gästequartieren führten. Innerlich schwor sie sich, mit der umtriebigen Anna ein paar ernste Worte zu reden. Vor den Burgbewohnern konnte sie spuken, soviel sie wollte, aber Fremden gegenüber hatte sie sich zurückzunehmen.

Der Morgen graute erst ganz weit hinten am Horizont, als Marie die Augen aufschlug.

Irgendetwas hatte sie aus einem herrlichen Traum gerissen. Sie war übers Land geflogen, hin zu fernen Gestaden, an denen Menschen lebten, die in ihr unbekannten Zungen redeten. Die Frauen hatten seidene Gewänder in den buntesten Farben getragen und die Sonne heiß vom leuchtend blauen Himmel gebrannt. Jetzt hörte sie es. Schon wieder schrie jemand. Verflixter Mist.

Noch bevor Marie in ihre Schuhe geschlüpft war, hämmerte jemand an ihre Tür. Nur im Unterkleid schob sie den Riegel zurück und stand einer wutentbrannten Irmengarde gegenüber. Diese war von Kopf bis Fuß staubig und ihr Gesicht schmutzverschmiert. Ihre Augen blitzten vor Wut. Mit beiden Händen stieß sie Marie zurück in die Kammer.

„Du verlogenes Weibsbild. Hast du wahrhaftig geglaubt, du seist schlauer als wir? Da hast du dich aber geschnitten. Wolltest das Gold nur für dich, oder? Hast dich schon mit Edelsteinen behängt gesehen, du dumme Dirne?"

„Halt dein dummes Mundwerk, Schwester. Du machst es nur schlimmer!" Carolus, der hinter Irmengarde auftauchte, umfasste diese mit beiden Armen und hinderte sie so daran, auf Marie einzuschlagen.

„Aber recht hat sie, du habgieriges Weib. Unser Vater steht weit über dem deinen, du Dummkopf. Ihr seid doch nur Vasallen. Und nicht mal die Wichtigsten von ihnen. Abschaum seid ihr. Wenn einer das Recht auf die

Schätze hat, dann wir. Du kommst jetzt sofort mit uns und sorgst dafür, dass man uns einlässt."

Carolus zerrte an ihrem Arm um ihr zu verdeutlichen, dass sie gefälligst mitzukommen und zu tun hatte, was auch immer die beiden planten. Marie verstand nur die Worte, aber nicht den Sinn dahinter. Sie streifte ein schlichtes Kleid über. Im Herausgehen griff sie noch schnell nach einem wollenen Umschlagtuch, denn das Unwetter hatte die Temperaturen deutlich sinken lassen. Carolus, der seine Schwester inzwischen auch mit der anderen Hand losgelassen hatte, schob Marie nun vor sich her. Irmengarde folgte schniefend. Was sie allerdings nicht daran hinderte, pausenlos zu quengeln und über Carolus zu lamentieren.

„Du Grobian. Ich bekomme bestimmt lauter blaue Flecken. Außerdem hätte sie es verdient, mal so richtig verhauen zu werden."

Marie hatte natürlich eine andere Meinung dazu. Sollte das blonde Gift da hinter ihnen doch meckern und jammern, bis sie grün wurde. Was auch immer man Marie vorwarf, es konnte je wohl keine Schläge wert sein. Sie schüttelte den Kopf.

Carolus führte sie zu der Mauer, hinter der nicht nur Anna der Hüterins Geheimnis ruhte und stieß sie unsanft davor.

„Du hast doch nicht wirklich geglaubt, dass wir es nicht kapieren, oder? Lässt uns suchen bis wir schmutzig sind. Dabei hast du dir ins Fäustchen gelacht? Und dein dämlicher Vater auch? He? Aber nicht mit uns. Wir sind hier die Schlauen, merk dir das du dummes Ding. Los. Aufmachen. Und teil diesem unmöglichen Gespenst dabei gleich mit, dass wir so etwas nicht mit uns machen lassen."

„Nun mach schon, ich will endlich meine Juwelen! Mir stehen Gold und Edelsteine zu. Nicht bloß so dämliche Bänder und billiger Schmuck. Ich bin hier die Adlige." Irmengarde stampfte wie ein Kleinkind mit dem Fuß auf. Marie zog die Augenbrauen zusammen. Was wollten die mit Annas Geheimnis? Das hatte mit Juwelen so viel zu tun wie eine Ziege mit einem Reitpferd. Oder hatten sie etwa erraten, dass des Vaters Schatzkiste ebenfalls in der Höhlung hinter der Mauer stand? Aber Edelsteine waren da keine drin.

Da Marie sich um die Einkäufe und auch um die Einkünfte kümmerte, wusste sie das ganz genau. Und einen Gang, der bis hinab nach Kühndorf führte, den gab es hinter der Mauer schon gar nicht. Da war sie sich beinahe sicher. Wobei, wer wusste das schon? Sie hatte den Hohlraum nie in seiner Gänze erforscht. Auf den ersten Blick hatte sie jedoch keinen Tunnel entdecken können, der in die Eingeweide der Erde führte. Etwas, dass sich beängstigend nach einer Messerklinge anfühlte, bohrte sich in Maries Rücken und ließ sie nachgeben.

Marie zählte die unregelmäßig behauenen Mauersteine ab und drückte einen bestimmten, nur lose eingelegten, Stein in die Wand.

Es polterte und knirschte laut, als ein Teil des Gemäuers sich zurückzog und einen schmalen Einstieg öffnete.

Irmengarde keuchte hinter ihr und die Messerspitze bohrte sich tiefer in Maries Rücken. Sie fasste das als Aufforderung auf, voranzugehen.

Carolus drückte ihr eine der brennenden Fackeln in die Hand, welche im Gang an den Wänden für Licht gesorgt hatten. Hinter dem Spalt eröffnete sich der Hohlraum wie eine von den alten Göttern der Berge geschaffene Blase. Einzelne Kristalle wuchsen an den Wänden und warfen das Licht hundertfach zurück.

Des Vaters Truhe stand an der Wand unter einem Vorsprung. Irmengarde schubste Marie zur Seite und stürzte sich darauf. Marie stöhnte.

Wenn die, offenbar so gierige, Adlige die da drin aufbewahrten Münzen mitnahm, würde es für den Winter eng werden. Nicht alles konnte von den Burgleuten und den Dörflern unterhalb der Hallenburg selber hergestellt werden.

„Das soll jetzt aber kein Scherz sein, oder?" Irmengarde warf eine Handvoll Silbertaler zurück auf die Papiere, die darunter in der Truhe lagen und stemmte die Hände in die Seiten. Carolus, der eben die Wände abgetastet und dabei mehrere der hübschen Kristalle achtlos abgebrochen hatte, wandte sich ebenfalls Marie zu.

„Wo geht es weiter? Los, sag schon, oder willst du doch noch das Messer schmecken?"

Auf Carolus' Wink betraten zwei der Knappen der Henneberger den Hohlraum und schnappten Marie an den Armen. Er selber trat dicht vor sie.

Sein Atem roch ekelerregend nach dem Abendessen und einer schlechten Verdauung.

Davon abgesehen, dass er dringend ein Bad nötig hatte, denn auch er selber stank.

Und zwar nach altem Schweiß.

„Jetzt weise mir den Weg! Und wage ja keine weiteren Spielchen! Entweder du öffnest den Tunnel oder wir lassen dich hier drin verrotten!"

Ein greller Schrei ließ ihn erschrocken zurückweichen. Er blickte an Marie vorbei zu seiner Schwester.

Irmengarde stand, starr wie vom Blitz getroffen, aber überaus freudestrahlend, vor einer Nische.

Marie atmete tief ein. Mist.

Das Weibsstück hatte das Kästchen mit Annas ganz besonderem Schatz gefunden und fummelte gerade an dem rostigen Schlüssel herum, der im Schloss der kleinen Truhe steckte.

„Lass die Finger davon, oder wir sterben alle! Außerdem geht es dich nichts an! Das gehört dir nicht und du wirst es auch nie bekommen!"

Ein kalter Luftzug ließ Marie frösteln.

Wie ein Wintersturm raste eine wutentbrannt kreischende Anna in die Kammer und manifestierte sich in ihrer schrecklichsten Form.

Den Mund weit aufgerissen, dass man außer den plötzlich viel zu spitzen, überlangen Zähnen und einer nebelgrauen Zunge nicht viel von Annas eigentlich hübschen Zügen sah, rauschte sie durch die hintere Wand herein. Aus dem Augenwinkel gewahrte Marie eine schnelle Bewegung von Carolus' Hand.

Im selben Augenblick erfüllte dichter roter Qualm die Höhlung. Nicht nur Marie schnappte nach Luft, da diese urplötzlich zum Schneiden dick erschien.

Und die arme Anna löste sich fast völlig auf, bis sie nur noch als ein dünner Rauchfaden vor der Nische mit dem Kästchen stand.

„Glaubt ihr etwa, wir hätten unsere Aufgaben nicht gemacht? So dumm sind wir nicht. Wir wissen, wie mit denen da," er deutete auf den kläglichen Überrest der stolzen Anna, „umzugehen ist."

Carolus feixte breit und zog sich ein Tuch vor Mund und Nase, während Marie entsetzt weiterhin nach Luft schnappte.

Mit einem boshaften Grinsen im Gesicht stürmte er vor und schnappte das Kistchen von seinem Platz. Der Fels unter ihrer aller Füße knirschte, als wolle er protestieren. Steinchen kollerten von der Wand der Blase und rollten bis in deren Mitte.

„Öffne uns den Weg, Gespenstische, oder das hier wird für alle Zeiten zerstört werden!" Anna schrie, trotz ihres Zustandes, auf.

Das Geräusch schmerzte in Maries Ohren.

Es war pure Verzweiflung, die aus dem winzigen Wesen schrie und deren Echo sich wellenartig durch das Gestein in der ganzen Burg verbreitete.

Die Wände schwankten und es krachte in allen Balken. Marie konnte Füße trampeln hören. Gleich wäre Verstärkung da. Hoffentlich.

Carolus drehte den Schlüssel, schob den Deckel der Kiste auf, und begann, diese ganz langsam zu kippen. Anna verstummte schlagartig.

Hinter ihr verschwamm der blanke Fels und ein Teil dessen schob sich, wie ein Vorhang, zur Seite.

Marie blinzelte und schaute wieder hin. Das war ein Ding. Die ehemals so festen Steine ordneten sich zu zwei überaus ordentlich drapierten Vorhangbahnen. Mitsamt sorgfältig geflochtenen Bändern und Troddeln, welche diese adrett zur Seite hielten. Dazwischen befand sich nun ein Tunnel, der über eine Treppe aus grob behauenen Steinen steil in die finstere Tiefe zu führen schien. Kalte, abgestandene Luft wehte herauf und ließ die steingeborenen Vorhänge wehen. Der rote Nebel, der immer noch aus einer gläsernen Flasche aufstieg und dabei ein gruseliges Licht abgab, beleuchtete die Felsblase aufs Schaurigste.

Die Luft wurde von dem Zeugs förmlich immer dicker. Das Atmen fiel Marie mit jedem Augenblick schwerer, als der Nebel sich so weit verdichtete, als würde sich ein Wesen formieren. Der Rauchstreifen, welcher die heulende Anna nun war, wurde von dem rotglühenden Zeugs in die Wand gedrückt, bis ihre Schreie nicht mehr zu hören waren.

Carolus ließ augenblicklich Annas Kiste fallen und schnappte sich die Fackel aus der Hand eines der

Knappen. Dieser hatte sie Marie abgenommen, als sie zu Carolus' Hilfe gekommen waren. Er sprang los und rannte die ersten Stufen hinab in die Dunkelheit.

„Warte auf mich! Ich will auch Juwelen haben. Und Gold. Ich mag viel Gold haben." Irmengarde stürmte hustend ihrem Bruder hinterher, wobei sie allerdings nach wenigen Schritten über ihren eigenen Rock stolperte und auf der Nase landete. Sie rappelte sich allerdings schneller wieder auf, als Marie es jemals bei einem feinen Fräulein gesehen hatte. Die steinernen Vorhänge wehten hinter ihr her, als Irmengarde mit gelüpften Röcken in der Dunkelheit verschwand.

„Was ist hier los? Marie?" Die Knechte traten eilig zurück, als Reginald durch den Spalt in die Felsblase trat, gleich gefolgt vom Grafen. Beide waren nur in ihre Tuniken gekleidet und trugen dazu Schuhe.

Marie warf sich dem Vater in die Arme.

„Sie haben das Gespenst mit diesem roten Zeugs gebannt und wollten ihren Schatz verstreuen!" Reginalds Blick fiel auf den zurückgezogenen steinernen Vorhang.

„Was zum Kuckuck?" Doch der Graf schob Reginald zu Maries Entsetzen breit grinsend zur Seite.

„Diese Tausendsassas. Sie haben es geschafft. Meine Kinder sind die Besten. Ich hätte nie geglaubt, dass wirklich etwas an dem Gerede dran ist. Sie haben das Rätsel tatsächlich gelöst. Der Schatz der Kreuzfahrer ist unser." Die Knappen folgten Irmengarde und noch mehrere Männer von des Grafen Gefolge

44

verschwanden in der Dunkelheit. Während der Graf ebenfalls auf den Tunnel zueilte, löste sich der Zauber, den der rote Qualm auf das Gespenst gelegt hatte. Anna fuhr aus der Wand und blies sich auf, bis sie den größten Teil des Hohlraumes einnahm. Marie bückte sich gleichzeitig und hob die Kiste auf, welche sie zurück an deren angestammten Platz stellte. Der Schlüssel lag neben dem Tunneleingang und erst, als das Kästlein wohl verschlossen in seiner Nische stand, spürte man, dass Annas Wut nachließ. Der Inhalt stellte den ganzen Grund dar, warum Anna überhaupt durch die Gemäuer der Hallenburg spukte.

Rettet, was zu retten ist!

Weißer Dunst legte sich, einer Umarmung gleich, um die silberbeschlagene Kiste. Anna weinte leise, als sie ihren Schatz in ihren nebligen Leib hüllte. Der rote Nebel indes, schien die weiße Frau anzugreifen. Es sah aus, als wolle er die Weiße verschlingen oder gar auflösen. An den Säumen ihres nach uralter Mode geschneiderten Gewandes färbte Anna sich bereits rosa. In dicken Schlieren floss das Dasein von ihr weg.

Anna löste sich von dem Kästlein. Sie blickte mit schmerzerfüllter Miene an sich hinab.

„Oh je, oh je." Die weiße oder derzeit eher rosa Frau, wrang laut jammernd die Hände, fing sich aber fast sofort wieder und fuhr brüllend vor Wut und Schmerz in den Tunnel. Inzwischen versammelten sich immer mehr Burgleute im Gang vor der Blase und in ihr selber. So langsam wurde es eng.

Vor allem, da der rote Nebel nach wie vor immer stofflicher zu werden drohte.

Reginald, der als einziger zumindest halbwegs bei Sinnen geblieben war, wandte sich an den Hauptmann der Wache.

„Sattle Pferde und reitet nach Kühndorf hinab zu den Brüdern des Heiligen Kreuzes. Der Graf und seine Kinder sind mit ihren Männern auf dem Weg, um sie zu bestehlen. Nimm alle Männer mit, die wir hier entbehren können. Immerhin haben der Graf und seine

Leute einen gehörigen Vorsprung." Stimmen wurden laut, während der Hauptmann davoneilte und laut Befehle an seine Leute brüllte. Aus dem Augenwinkel erhaschte Marie eine Bewegung.

Offenbar war Anna zurück.

Oder auch nicht. Denn das, was da soeben aus dem Tunnel kam, war nicht das weiß schimmernde Burggespenst. Ein dunkelhaariger Bursche, der wie ein reicher Kaufmann gewandet war, betrat die Blase, versicherte sich der Unversehrtheit von Annas Schatz und wischte gleich darauf über den steinernen Felsvorhang.

Obwohl Marie es schlichtweg erwartete, dass dieser sich nun wieder schloss, blieb der Zugang zur Unterwelt geöffnet. Allerdings drang nun eine schnell fast unerträglich werdende Hitze daraus in die Blase. Diese zwang die menschlichen Burgleute zurück in den Gang. Lautes Poltern und entsetzte Schreie erklangen aus dem Tunnel und waren das letzte, was auch Marie wahrnehmen konnte, bevor der Spalt zur Blase sich schloss. Der fremde Mann, oder Geist oder was auch immer, warf im letzten Augenblick noch die Schatztruhe Reginalds nach draußen. Deren Inhalt verteilte sich klirrend und raschelnd zwischen den Füßen des aufgebrachten Gesindes.

Reginald raufte sich neben Marie die Haare, das Gesicht vor lauter Entsetzen zu einer Grimasse verzogen.

„Oh je. Welch ein Unglück. Der Graf darf nicht da drinnen umkommen. Wir kommen in Teufels Küche, da man glauben wird, wir hätten etwas damit zu tun." Er drehte sich einmal um sich selbst.

„Anna!" Mehrfach rief er nach dem burgeigenen Gespenst, aber Anna tauchte nicht auf. Auch der Neuankömmling blieb verschwunden. Vielleicht war der aber auch wieder im Tunnel verschwunden. Obwohl er diesen doch verschlossen hatte. Oder nicht?

Mit Hämmern versuchten die Burgleute über Stunden, den Zugang zur Felsblase wieder zu öffnen, aber jedes Mal, wenn ein Steinchen von der Wand geschlagen wurde, wuchs wie durch Zauberhand ein neues nach. Es war eine Arbeit, wie sie nur in uralten Sagen beschrieben wurde. Allerdings waren es in den Geschichten Silberadern, die sich auf jene Weise erneuerten, wenn man von ihnen nahm.

Gegen diese, vermutlich uralte, Magie der Gespenster, oder was auch immer den Durchgang erstellt hatte, waren sie offenbar machtlos.

Irgendwann gab Reginald auf und wies die Leute an, sich ihrem Tagwerk zuzuwenden.

Auch Marie machte sich bereit, endlich wieder in der Küche nach dem Rechten zu schauen. Nach der ganzen Aufregung hatte sie es sich verdient, ohne nachzudenken Gemüse zu schneiden oder eine Suppe zu kochen. Allerdings erschien, kaum dass sie den Burghof durchquerte, ein fahrender Händler mit seinem Eselskarren.

Der muskelbepackte Mann trug einen Mantel aus dunkelgrauem Leinen und ein Kurzschwert am Gürtel. Seine Haube war aus feinstem Leinen und auch sonst wirkte er wohlhabend. Warum er dann mit einem Esel als Zugtier unterwegs war, würde wohl ein Mysterium bleiben. Die Wachmänner traten neben Marie, was ihr sehr gut passte.

Nach der nervenaufreibenden Nacht fühlte sie sich in deren Gesellschaft einfach sicherer. Ein weiterer Wachmann steckte eben den Kopf durch die geschlossenen Planen in den Wagen, um auszuschließen, dass irgendwelche unerwünschten Personen die Burg betraten.

Zu Maries großer Freude hatte der Händler edle Stoffe, feine Garne und allerlei Silberzeug mitgebracht. Auch wenn sie tagtäglich eher praktische Kleidung bevorzugte, liebte sie es, wie fast jede Frau, Gewänder aus schönen Stoffen in der Truhe zu haben. Bloß eben die Anlässe dafür waren nicht immer schön. Und sie benötigte dringend neue Stoffe, die für bequemere Kleider sorgen würden. Nie wieder würde sie ein Untergewand anziehen, dessen eingewebte Fäden kratzten und auf der Haut juckten.

Noch während der Handelsmann seine Ballen auf einem der Tische in der Halle ausbreitete, erzählte er von einem unheimlichen Rumpeln unter der Straße und riesenhaften Staubwolken, die plötzlich, ohne dass ein Grund erkennbar wäre, über dem Tal lagen.

Die Bewohner der Dörfer in der Umgebung waren mit angsterfüllten Mienen aus den Häusern gekommen. Man vermutete derzeit, dass Zwerge geheime unterirdische Tunnel zogen.

Oder dass Fremde aus dem Süden auf der Suche nach Schätzen den Fels unter den Dörfern auf magische Weise wegsprengen würden.

Marie tauschte Blicke mit dem besorgt ausschauenden Vater und ihrer Kammermaid. Sie hatten da ihre eigene Erkenntnis, wer für den Bergschlag verantwortlich zeichnete. Wenn die Menschen wüssten, wie nah und doch fern sie mit ihren Vermutungen lagen. Die Sache war zumindest der Stoff, aus dem die Sänger und Geschichtenerzähler ihre Lieder woben.

Schon wieder Gäste

Marie besah sich gerade einen moosgrünen Stoff, der von dunkelroten Mustern durchzogen war, als im Hof wieder einmal Lärm aufbrandete. Seufzend beschloss sie, dass dieses Mal jemand anders nachschauen sollte, was schon wieder los war.

Jetzt war sie dran. Und beim Einkaufen von erlesener Ware ließ sie sich nicht stören. Redete sie sich zumindest ein.

Beinahe glaubte Marie sich sogar selber.

Beinahe.

Während sie von dem Ballen des grünen Stoffes und noch dazu feines silbergrau gefärbtes Leinen für ein passendes Unterkleid auswählte, horchte sie mit einem Ohr nach draußen.

Der Vater empfing, wie es klang, mehrere Männer, die zu Pferd auf die Burg gekommen waren und die Tiere nun den herbeieilenden Stallburschen übergaben.

Der Händler maß derweil die Stoffe ab und bot Marie noch Garn zum Nähen und zum Besticken des Kleides an. Sie nahm gerade eine Docke mit Silberfäden entgegen, als Reginald mit den am Ende der Nacht ausgesandten Wachen die Halle betrat.

Begleitet wurden sie von einem stattlichen, Marie unbekannten Ritter, einem Mönch und zwei Knappen. Was ungewöhnlich war, denn solche kümmerten sich ja eigentlich um die Pferde und die Ausrüstung ihres

Herrn. Sie kamen normalerweise nur zu den Mahlzeiten mit dem Gesinde in die Halle.

Es sei denn, sie waren die Sprösslinge hoher Adliger.

Auf einen Wink des Vaters bat Marie den Handelsmann, seine Ware zusammenzupacken und alles, außer den von Marie erworbenen Dingen, schleunigst zurück zum Wagen zu bringen.

Sie eilte mit ihm, kaufte noch einige Nadeln und eine silberne Spange für des Vaters Gewand und führte den Mann in die Küche, wo man ihm ein kräftiges Mahl servieren würde.

Im Palas war Reginald mit den Neuankömmlingen in ein reges Gespräch vertieft. Als sie nähertrat, verstummte dieses augenblicklich.

„Marie, darf ich dir Ronald von den Rittern unten aus Kühndorf vorstellen? Er war im Heiligen Land und hat tapfer unsägliche Gefahren überstanden." Ronald verneigte sich vor Marie.

„Euer Vater übertreibt, schöne Maid."

„Dann wart Ihr nicht im Heiligen Land?" Der Ritter schmunzelte.

„Aber ja doch, bloß mit den Gefahren ist das so eine Sache. Glaubt mir, den größten Teil der Reise war es ziemlich langweilig. Tagelang nur im Sattel zu sitzen kann auf die Dauer auch für den Geist sehr ermüdend sein. Da sehnt man sich beinahe nach ein wenig Aufregung." Reginald gluckste laut.

„Marie, es mag langweilige Strecken auf der Tour geben, aber ungefährlich ist es nie."

Der Vater musste es ja wissen, hatte doch auch er in seiner Jugend die Fahrt gen Jerusalem unternommen. Aber wie auch immer.

Die Männer brachten doch gewiss Kunde vom Grafen, oder? Das war es doch, was von Interesse war. Wenn die noch länger umherhampelten, würde sie das Nägelkauen wieder anfangen. Und es hatte Marie Jahre gekostet, diese unschöne Gewohnheit abzulegen.

Der Geistliche erwies ihr die Gnade und räusperte sich. Reginald nickte ihm zu.

„Heinrich, sprecht frei. Meine Tochter führt den Haushalt, sie ist auch vollkommen in dieses Problem involviert. Mehr noch als ich, möchte ich meinen." Der Mönch schob seine Kapuze zurück und nahm den Becher an, den eine Magd ihm reichte.

„Heute, gegen die Morgenstunde, gab es einen Sturz im Gebirge. Der Boden erzitterte so sehr, dass selbst bei uns der Putz teilweise von den Wänden fiel. Dabei eröffnete sich in einer Kammer unterhalb unserer Kirche ein sonst wohlverborgener Durchgang. Aus diesem quoll der Dreck in Mengen. Murat, der Schutzgeist unserer Mauern und Hüter von allem, was uns lieb und teuer ist, wurde dort hineingezogen und ist seitdem verschwunden. Dafür fanden die Ritter, welche sich kurz darauf in den Tunnel wagten, acht verwundete Personen. Sie brachten diese unter großen Mühen in die Festung."

Marie tauschte einen Blick mit dem Vater. Reginald nickte ihr zu.

„Wir scheinen zumindest ein kleines Stück vom Glück zu haben. Der Graf lebt. Und seine Kinder auch, aber sie haben augenscheinlich diverse Knochenbrüche erlitten, als der Tunnel einstürzte. Seine Soldaten kamen glimpflicher davon. " Ronald nickte bestätigend.

„Der Graf und sein Sohn liegen gut bewacht in unseren Gästekammern zu Bett, bis sie wieder reisen können. Warum sie sich in den Durchgang begaben, weigern sie zu sagen. Fräulein Irmengarde hingegen ist gleich nach ihrer Rettung verschwunden. Sie muss große Schmerzen leiden, hat es aber geschafft, sich abzusetzen."

„Sie sucht nach euren Schätzen. Die Grafenkinder faselten schon, seit sie bei uns anreisten, von Gold und Juwelen, die in Eurem Besitz sein sollten. Diese wollen sie unbedingt in ihr Eigentum überführen. Besonders Irmengarde scheint völlig besessen von der Gier nach reichem Geschmeide zu sein."

Ronald runzelte die Stirn.

„Bitte was?"

Marie trank einen Schluck Gewürzwein aus ihrem Becher.

„Sie agierten wie im Wahn, einen verborgenen Tunnel zu finden, um unbemerkt zu Eurer Festung gelangen zu können und sich Juwelen und Gold in die Taschen zu füllen. Irgendwo war ihnen zu Ohren gekommen, dass es angeblich einen solchen Geheimgang geben sollte. Und sie ließen sich nicht beirren, jeden Stein der

Hallenburg umzudrehen, um ans Ziel zu kommen." Heinrich prustete laut.

„Die unglaublichen Schätze der Herren Ritter? Die würde ich auch gern sehen." Ronald verdrehte die Augen.

„Wir verwahren in der Festung nicht so viel von großem Wert. Einige Truhen mit Gold, mehrere Ballen Stoffe und ein paar Waffen, mehr ist da nicht. Nichts, was dem Grafen auch nur im Ansatz helfen würde." Reginald nickte seiner Tochter zu.

„Der Graf ist ziemlich pleite. Man munkelt, er könne sogar sein Gesinde nicht mehr bezahlen. So wie es derzeit aussieht, wird er die Abgaben erhöhen. Und dann wird es für viele seiner Untergebenen echt eng. Also findet er es vermutlich wundervoll, dass seine Kinder eine neue Quelle aufgetan haben, aus der neue Taler sprudeln könnten. Drum ist er so freudig hinter den beiden hergeeilt." Ronald nickte zustimmend.

„Aber da hat er sich eben getäuscht. Außerdem sind wir dem Papst, sowie dem Kaiser unterstellt und ihm nur bedingt verpflichtet. Davon abgesehen, dass einzig wirklich Wertvolle, was wir verwahren, werden sie nicht bekommen. Eher sterben wir, als es der Grafenfamilie zu überlassen, dass könnt ihr glauben. Es sei denn, unser Murat taucht nicht wieder auf. Wenn die Mauern keinen Schutz mehr haben, dann sieht es rabenschwarz für unser wertvollstes Eigentum aus." Bruder Heinrich erbleichte.

„Oh nein. Nein. Nix da. Niemals gebe ich den her. Der gehört zu unserer Kirche." Marie beobachtete, wie der Vater eine Augenbraue hochzog. Ronald neigte ernst den Kopf, als Heinrich sich durch das Haar fuhr. Zumindest den Rest, der nicht der Tonsur gewichen war. Der Ritter legte dem Kirchenmann eine Hand auf die Schulter, um diesen zu beruhigen.

„Einen Span vom Kreuz Jesu nennen wir unser Eigen. Bruder Heinrich hütet ihn wie seinen Augapfel. Aber mit dem Verlust Murats drohen einige Grundmauern einzusinken." Ah. Marie wurde so einiges klar.

Denn diese Mauern schützten den Schatz. Das war also fast so wie des Vaters Truhe, die bis zur letzten Nacht ebenfalls durch die alten Grundmauern geschützt worden war. Und durch Anna und deren Heiligstes.

Also galt es, die Schutzgeister wieder an ihre so wichtigen Plätze zu binden. Anna, die ebenfalls noch nicht wieder aufgetaucht war und Murat, der sich irgendwo in den Eingeweiden der Hallenburg herumtrieb.

Bericht von allerlei Durcheinander

Der Spießjunge aus der Küche flitzte in die Halle und kam schlitternd vor dem Tisch zu stehen.

„Herrin, du musst sofort kommen. Der Koch wird gleich wahnsinnig. Da ist ein ziemlich komischer Geist in der Küche und die Mägde kippen alle um wie hohes Sommergras beim Mähen!"

Der Junge schnaufte durch, konnte aber ein Grinsen nicht verbergen. Offenbar genoss er das Durcheinander mehr, als er sollte.

Während Marie die Röcke lüpfte und nun selber zu rennen begann, konnte sie sich gut vorstellen, was dem Burschen an den Geschehnissen in der Küche so gefiel. Mägde, die reihenweise am Boden lagen oder hockten, während ein Gespenst sie umwehte oder vielleicht sogar durch sie hindurchging. Frauen, die krischen und sich vor Angst beinahe übergaben. Das war der Stoff, aus dem Jungenhumor war.

Auf dem Burghof packte der Handelsmann gerade sehr eilig seinen Wagen. Der bereits angeschirrte Esel scharrte nervös mit den Hufen. Beide konnten es augenscheinlich nicht erwarten, die Burg so schnell wie möglich zu verlassen.

Beim ersten Blick in die Küche wurde Marie auch endgültig klar, warum das so war. Der Spießjunge hatte nicht übertrieben.

Eher hatte er einiges verschwiegen.

Hier herrschte das reinste Chaos. Sie versuchte, sich in all dem Durcheinander einen schnellen Überblick zu verschaffen, scheiterte aber kläglich. Also atmete sie tief durch und konzentrierte sich auf Einzelheiten.

Der von den neuen Gästen Murat genannte Geist ploppte in schnellem Takt in und aus den Wänden. Dabei lamentierte er laut in einer fremden Sprache. Marie würde einen Besen verschlucken, wenn der Kerl nicht aufs lästerliche fluchte.

Mägde schrien jedes Mal erschrocken auf, wenn er ihnen zu nahekam. Murat hingegen schien ebenso zu erschrecken. Er warf dann alles, was er zwischen die goldberingten Finger bekam, nach den Frauen.

Marie stellte sich in die Mitte des großen Raumes und stieß in die kleine Pfeife, welche ein Mann aus dem Ort unten ihr einmal geschenkt hatte. Aber nichts geschah. Oder eher gesagt, niemand reagierte darauf. Sie versuchte, Murat zu betrachten, der unvermindert die Küche verwüstete. Er trug fremdartige Kleidung aus kräftig gefärbten, fein glänzenden Stoffen und einen goldenen Gürtel um die Mitte. Anders als die burgeigene Weiße Frau hatte er keine Beine. Zumindest vermutete Marie, dass Anna welche besaß. Unter dem langen Kleid der weißen Frau waren manchmal Schuhe zu erkennen, aber wer wusste schon, wie Gespenster so gebaut waren. Murat trug im Gegensatz zu Anna eine Art Wirbel als Unterleib. Blaugraue Luft hielt ihn in der Schwebe und je schneller er sich bewegte, umso flinker rotierte der Wirbel.

Maries Blick sank nach unten. Dort, wo der Wirbel endete, sah es grausam aus.

Krüge und Kräuterbündel lagen verstreut am Boden, eine klebrige Flüssigkeit war gerade dabei, in diesen einzusickern.

Der Koch brüllte in diesem Augenblick, dass sich das Weibsvolk nicht stören lassen sollte und sich endlich der Kocherei zuzuwenden habe. So ein ungehobelter Unhold würde doch das Gesinde einer so modernen Burg wie die Hallenburger zu Eigen nannten, nicht von der Arbeit abhalten.

Als Murat gleich darauf heulend durch ihn hindurch fuhr, schlug er mit der gefüllten Suppenkelle nach dem Unruhestifter. Marie, die in einer Linie mit Murat, direkt hinter diesem stand, erwischte der Eintopf mit einem volltönenden Klatsch.

Braune Soße lief ihr nicht nur über das Kleid, ein gekochter Steinpilz klebte auch auf ihrer Wange. Sie griff diesen mit spitzen Fingern und schob ihn sich in den Mund. Lecker. So kam frau also zu einer Kostprobe.

Aber das löste ja das Problem nicht. Sie brauchte einen Augenblick Zeit, um nachzudenken.

Natürlich sollte ihr dieser nicht vergönnt sein.

Mit einem Zischen durchdrang Murat jetzt auch sie. Eiseskälte und das Knirschen von Sand unter Lederschuhen durchflutete Marie, als der Geist ihren Leib durchschwebte. Gänsehaut breitete sich auf ihrer Haut aus und pure Angst durchdrang ihre Gedanken.

Aber Marie durfte jetzt diesen Gefühlen nicht nachgeben. Dieser Murat musste dringend nach Hause gebracht werden. Sollte er doch seinen Unfug bei den Kreuzrittern treiben.

Aber wie transportierte man ein Gespenst? Das konnte ja nicht reiten? Oder doch? Was geschah mit einem solchen Wesen, wenn man es dem Sonnenlicht aussetzte? Marie schüttelte den Kopf. Dieses Rätsel musste mit seiner Lösung warten. Zuerst musste die arme, gebeutelte Küchenmannschaft von ihm befreit werden.

„Murat! Komm sofort mit mir!" Ohne sich umzudrehen marschierte Marie aus der Küche und in den Durchgang, wo bis letzte Nacht der lose Stein ihr Zutritt zu Annas Felsblase gewährt hatte. Marie zählte die grob bearbeiteten Feldsteine ab. Neben ihr erschien blasser Nebel, der sich zum farbenfrohen Mann formte, bis Murat voll stofflich neben ihr schwebte. Er beobachtete neugierigen Blickes, wie Marie vergebens versuchte, den Schlüsselstein ins Mauerwerk zu drücken. Er schob sich zwischen Marie und die Wand.

„Solange die weiße Anna nicht zurück ist, kommt da keiner rein, nicht mal ich. Davon abgesehen, haben die Eindringlinge einen Hexensud genutzt, um sich Zutritt zu verschaffen. Erst, wenn jeder Rest davon sich verzogen hat, bekommt einer unserer Art wieder die Möglichkeit, dort einzudringen." Murats Worte hallten hohl von den Wänden wider. Marie zog die Augenbrauen nachdenklich zusammen.

„Aber wie bekommen wir dich nun zurück nach Hause, ohne den Tunnel zu benutzen? Kannst du im Wagen reisen? Oder fliegen??" Murat schniefte.

„Hast du einen fliegenden Teppich im Keller?" Marie verschluckte sich an ihrer eigenen Spucke. Einen was?

„Nein? Das habe ich schon vermutet. Dann bin ich an diesem Ort gebunden, bis der Zauber vergangen ist. Der Durchgang verband unsere Domizile. Nur deshalb konnten die weiße Anna und ich uns manchmal sehen. Aber die Gier der Grafenfamilie hat die Verbindung gelöst. So wie Anna drüben festhängt, sitze ich hier gefangen. Ich will zurühühück!" Murat ploppte durch die Wand zur Waffenkammer, die gegenüber von Annas Felsblase lag, mehrfach rein und raus.

„Das könnte schwierig werden." Ronald, der die letzten Worte wohl vernommen hatte, lehnte sich an die Wand neben Marie und beobachtete Murat mit amüsierten Blicken.

„Schutzgespenster sind etwas eigen, wenn man ihnen den Zugang zu ihren angestammten Hallen verwehrt. Der Graf hat uns allen keinen Gefallen mit diesem verflixten Zauber getan." Marie blickte zu dem groß gewachsenen Mann auf.

„Sieht ganz so aus. Aber wie bekommt man den denn nun am besten wieder zurück? Offenbar gefällt es ihm hier nicht besonders." Der Ritter zuckte mit den Schultern.

„Irgendwie muss der Gang wieder eröffnet werden. Aber ich wage die Behauptung aufzustellen, dass das nur von den beiden Geisthaften selber und nur von der jeweils richtigen Seite möglich ist?"

„Jaaaaaaa! Und Neieieiein!" Murat jaulte seine Zustimmung. Und die Ablehnung. Was auch immer. Irgendwie war er gerade gar keine Hilfe. Marie seufzte. Sie mussten daher selber aktiv werden.

Ihr kam ein naheliegender Gedanke.

„Die Hebamme! Ich besuche sie gleich. Immerhin versteht sie sich auf Beschwörungen und hält auch alljährlich die Wilde Jagd von den Häusern im Tal fern!"

Ja, die alte Frau, der böse Zungen nachsagten, dass sie Hexenblut in sich trüge, musste einfach Bescheid wissen, wie mit den beiden Wesen umzugehen sei, damit man diese zurücktauschen konnte.

Weihrauch und Himbeerblätter

Marie stürmte über den Hof und machte sich an den Abstieg ins Dorf. Da auch Herr Ronald keine andere Lösung eingefallen war, musste sie gehen. Außerdem machte es sie kirre, nichts tun zu können.

Wenn die schlaue Agnes der Jagd Herr wurde, dann wusste sie doch bestimmt auch etwas darüber, wie man Gespenster reisen ließ. Vielleicht gab es auch einen magischen Spruch, der einen Austausch der Geister veranlasste. Hoffen durfte frau ja wohl noch.

Immerhin fegte Frau Holles Wilde Jagd immer zu den Raunächten um den Jahreswechsel über die Lande. Die Winterstürme, die das mit sich brachte, hatten manchmal beängstigende Ausmaße, aber Agnes verteilte rechtzeitig überall Räucherwerk und gab Anleitungen, was man zu tun und zu lassen hatte. So manches Haus war durch ihre Hinweise gerettet wurden, so manches Leben erhalten.

Marie erreichte das, mit verwitterten Holzschindeln gedeckte, an einen Hang geduckte Häuschen nur kurze Zeit später.

Die weißhaarige Agnes stand mit verschränkten Armen in der Tür und musterte Marie aufmerksam. Als Marie schnaufend zum Stehen kam trat die alte Frau einen Schritt auf sie zu und zog sie in eine kurze Umarmung.

„Ich habe mich schon gewundert, wo du bleibst. Sag, was genau ist geschehen?" Marie rang um Atem, bevor sie zu einem ausführlichen Bericht ansetzte.

Agnes fragte immer wieder nach und begann nebenbei, Kräuterbündel, die unter dem Überstand ihres Daches zum Trocknen hingen, abzunehmen und aus einigen anderen einzelne Zweiglein und Blätter zu ziehen. Als Marie endete, legte Agnes die Kräuter in einen Korb und rieb sich mit beiden Händen über das Gesicht.

„Das ist eine unangenehme Entwicklung. Solche Gänge sind nicht umsonst vor ewigen Zeiten verborgen worden. Bricht man dort hindurch, kann es fürchterliche Auswirkungen haben. Spätestens, wenn die Wilde Jagd durchzieht, kann man die betroffenen Bauten nicht mehr schützen. Und du sagtest, dass da auch Hexenkraft im Spiel war? Wie genau riecht es am Zugang?" Marie runzelte die Stirn, als sie versuchte, sich genau zu erinnern.

„Mhm. Eine reichhaltige Pilzsuppe habe ich gerochen, dazu frischen Liebstock und etwas, dass ziemlich faulig stank." Sie schnupperte kurz in sich hinein.

„Frauenmantel war glaub ich, auch dabei. Und Bärlauch. Ja, Bärlauch war es." Agnes nickte.

„So etwas dachte ich mir schon. Das klingt ganz nach einem der neueren Gegenzauber für einen Geisterfluch. Ein durchziehendes Kräuterweiblein hat mir erst kürzlich davon berichtet, dass es heutzutage unter den Hexen modern geworden sei, Geister zu vertreiben. Um den aufzulösen hilft nur lüften und reichliches Ausräuchern mit trockenen Himbeerblättern und einigen anderen kräftigen Kräutlein." Sie band die soeben vom Balken abgenommenen Trockenkräuter zu drei dicken Räucherbündeln.

„Ach ja, Weihrauch würde auch helfen, wenn du welchen bekommen kannst. Aber das könnte teuer werden." Marie wusste, dass in der Vorratskammer noch ausreichend Himbeerblätter vom Vorjahr lagen, die konnte man bestimmt zusätzlich zu den Bündeln von Agnes auch noch gut verräuchern. Nachdenklich bedankte sie sich bei der Hebamme und Kräuterkundigen.

„Warte. Mit kommt da ein Gedanke. Du sagtest, dass die von der Festung im Kühndorfe mitbetroffen sind?" Marie nickte zustimmend.

„Dann frag doch dort nach Weihrauch. Immerhin waren von denen fast alle im Heiligen Land. Wenn die nicht ausreichend Räucherwerk mitgebracht haben, wer dann?" Das klang nach einem Plan. Da die Burgleute dort ebenso von dem Geistertausch betroffen waren, halfen sie den Hallenburgern ganz gewiss mit Weihrauch aus.

Marie würde gleich ihre hübsche braune Stute holen und den Kreuzrittern einen Besuch abstatten.

Im Burghof sattelte Herr Ronaldgerade seinen edlen Rappen. Sie raffte die Röcke und eilte zu ihm. Das machte ihr Vorhaben um einiges simpler. Hoffte sie zumindest. Sie trat näher.

„Wartet. Ich habe eine Frage an Euch." Ronald nickte ihr aufmunternd zu.

„Man sagte mir, dass wir, um Ihrem Murat schneller wieder die Heimkehr zu ermöglichen, mit Weihrauch räuchern sollen. Agnes verwies mich dabei auf Eure Männer, die gewiss Räucherwerk aus dem fernen Lande mitgebracht hätten. Habt Ihr etwas vorrätig, dass ich nutzen könnte, um Anna zurückzuholen?" Und Murat loszuwerden.

Der Ritter neigte den Kopf.

„Haben wir. Murat, den ich soeben nochmal kurz gesprochen habe, erwähnte es ebenso. Ich sende jemanden mit einer entsprechenden Dosis zurück." Marie kam ein Gedanke. Sie hatte bis eben doch sowieso hinunter zur Festung der Kreuzzügler reiten wollen.

„Ich würde gern mit Euch reiten und nach Anna sehen. Es geht ihr doch gut?" So gut, wie es einem Gespenst gehen konnte.

Ein überraschender Ritt

Schweigend ritten sie nebeneinander den Berg hinab. Die Knappen des Herrn Ronald trabten schneller voraus, um sie anzumelden.

Aber schon nach kurzer Zeit holten sie diese dann schon wieder ein, denn die Knappen waren von einem Menschenauflauf aufgehalten worden. Die jungen Männer hatten ihre Rösser an einen Baum nahebei angebunden und sich in eine Kette aus Männern eingereiht. Gerade räumten diese die Trümmer eines eingestürzten Hauses zur Seite.

Der Boden war unter dem Gebäude förmlich weggesackt. So ein verfluchtes Unglück. Marie war sich sicher, wo der Auslöser für den Einsturz zu suchen war. Ob es der Grafenfamilie auch nur im Ansatz bewusst war, was sie mit ihrer Gier da angerichtet hatte? Vermutlich nicht. Außerdem betraf es ja nur das Zuhause eines einfachen Mannes und kein edles Bauwerk.

„Es sind noch zwei weitere Erdlöcher entstanden, wir sahen sie auf dem Herweg. Aber nur das eine Haus ist betroffen. Menschen kamen, wie durch ein Wunder nicht zu schaden." Ronalds tiefe Stimme beruhigte die Panik, die in Marie aufgestiegen war. Denn sie kannte die Bewohner dieses speziellen Hauses. Der hier lebende Korbmacher brachte seine Waren regelmäßig auf die Hallenburg.

Außerdem war dessen Gemahlin seit ihrer Kindheit eine gute Freundin der Frau des Kochs. Die Frauen waren gemeinsam auf benachbarten Höfen aufgewachsen. Daher wurde die Korbmacherfamilie zu jedem Fest, dass auf der Burg gefeiert wurde, eingeladen.

Marie ließ sich aus dem Sattel gleiten, als sie die verzweifelte Familie am Rande des Geschehens erspähte. Die drei Töchter hockten am Rand des ehemaligen Gemüsegartens. Das kleinste Mädchen, welches gerade erst das Laufen erlernt hatte, hielt eine schmutzige Decke umklammert, während die Schwestern sich aneinanderschmiegten. Emma, deren Mutter häufte neben ihren Töchtern alles das an aus den Trümmern gerettetem Hausrat auf, was ihr die Männer anreichten.

Nach einer tränenreichen Begrüßung befahl Marie den sich etwas windenden Leuten, vorerst auf die Burg zu ziehen. Für eine Familie mehr fand sich immer noch ein trockenes Plätzchen. Die Kinder hätten es warm und niemand müsste hungern. Vor allem, da ihr Zuhause absolut unrettbar zerstört worden war. Bis ein neues Haus errichtet würde, waren sie so gut aufgehoben.

Während sich die Korbmacherleute überschwänglich bedankten und die Frau mit den beiden älteren Mädchen zusammen die wenigen, tragbaren Überreste ihres Lebens in Kötzen packte, beschloss der Korbmacher mit seinen drei älteren Söhnen, beim Aufräumen und Abreißen des Hauses weiter zu helfen.

Sie würden sich mit dem Einbruch der Nacht aber auch auf den Weg zur Hallenburg machen.

„Ihr seid sehr großzügig, Marie." Sie schwang sich zurück auf ihre Stute und blickte zu Ronald.

„Nicht wirklich. Aber durch den ganzen Schlamassel letzte Nacht haben die guten Leute alles verloren. Sollen sie leiden, nur weil der Graf den Hals nicht voll bekommen kann?" Ronald nickte.

„Ist ja schon gut. Aber wir sind auch keine Untiere. Hättet Ihr nicht reagiert, dann hätten wir ihnen ein Obdach angeboten."

Das hatte sie sich beinahe schon gedacht, denn weder Ronald noch Bruder Heinrich kamen ihr derart herzlos vor, dass sie die einfachen Leute im Regen stehen lassen würden.

Die Knappen sprengten wieder voraus, dieses Mal hoffentlich bis nach Kühndorf. Marie musterte den neben ihr reitenden Ronald aus den Augenwinkeln. Der Ritter war von stattlicher Gestalt. Sie konnte es vor sich selber nicht verbergen, dass er ihr wirklich gut gefiel.

Im Gegensatz zu der derzeit herrschenden Mode fiel ihm das dunkle Haar bis über die Schultern. Anstatt einer Rüstung trug er nur ein ledernes Wams über einer dunkelroten Tunika. Ein breiter Gürtel rundete seine Gewandung ab. Auf eine Kappe hatte er verzichtet. Offenbar war es auch ihm zu warm.

Marie hingegen war nicht böse darüber, dass sie einen Schleier auf dem Kopf festgesteckt hatte, da die Sonne vom leuchtend blauen Himmel brannte.

Vermutlich hätte sie noch besser daran getan, ihren aus Binsen geflochtenen Sonnenhut aufzusetzen.

„Euer Kleid hat dieselbe Farbe wie mein Gewand, liebe Marie." Als wenn sie das nicht auch bereits bemerkt hätte.

„Dann haben wir den gleichen Handelsmann?"

„Vermutlich. Wie viele von den Halsabschneidern verirren sich denn schon hier heraus?"

„Es könnte ja auch gut sein, dass Ihr die Stoffe aus dem Morgenlande mitgebracht habt. Ich kann mir gar nicht vorstellen wie es ist, auf solch eine lange Reise aufzubrechen." Ronaldo lachte leise.

„Wir haben Stoffe mit uns gebracht, aber für einen schnellen Ritt zwischen zwei benachbarten Burgen erscheinen mir Gewänder aus diesen dann doch zu wertvoll. Seide ist an unsere guten Dörfler verschwendete Schönheit. Und außerdem mag ich mir nicht vorstellen, wie die Waschfrauen zanken, wenn sie die recht zarten und empfindlichen Kleidungsstücke dann täglich waschen und flicken müssten." Das konnte Marie nur zu gut nachvollziehen. Die Kleider, die sie eigenhändig bestickte, waren für die tägliche Arbeit auch nicht geeignet. Da lobte sie sich schlichten haltbaren Wollstoff oder, wenn es ganz warm war, aus Hanffasern gewebtes Leinen.

„Würdet Ihr gern einmal auf Reisen gehen, Marie?" Welche Frage. Natürlich. Wenn sie sich auch nicht vorstellen konnte, so weit von zu Hause weg zu sein. Sie nickte.

„Schon. Aber der Vater zieht es vor, seinen Geschäften auf der Hallenburg nachzugehen. Und ich werde dort ebenfalls gebraucht."

„Und wenn er eine neue Gemahlin wählen würde?"

„Auch dann bin ich mir nicht sicher. Ich würde gern mehr von der Welt sehen. Einmal eine große Stadt oder einen dieser viel besungenen Märkte im Orient besuchen, auf denen es so verführerisch duften soll. Aber ob ich es wagen würde, mich einem solchen Zug anzuschließen, nur um das alles einmal vor die Augen zu bekommen, ich weiß es nicht."

Ronald lenkte sein Pferd vor Maries, als der Weg schmaler wurde. Sie betrachtete sein breites Kreuz. Welche Kämpfe hatte er wohl schon bestritten?

Sie schüttelte den Kopf über solch eigenartige Gedanken. Ihr Platz war auf der Hallenburg und nirgendwo anders.

Gastgebende vom Heiligen Kreuz

Marie war natürlich schon einmal in der Festung der Kreuzritter gewesen. Zu hohen Festtagen besuchte man die Nachbarn eben hin und wieder.

Aber dieses Mal war alles anders. An Ronalds Seite durchritt sie das massive Tor, welches von zwei beflissenen Burschen weit geöffnet gehalten wurde. Dahinter erschien es Marie, als tauchte sie in eine andere Welt ein. Ging es auf der Hallenburg meistens eher beschaulich zu, herrschte hier ein munteres und ebenso lautes Treiben wie auf einem Jahrmarkt.

Gesinde eilte schwatzend über den Hof, immer unterwegs die täglichen Aufgaben zu erledigen. Die Karren mehrerer Händler standen an einer der massiven Festungsmauern aufgereiht. Die Handelsleute priesen gerade ihre Waren lautstark an. Obwohl einige Damen und, der Kleidung nach, in den Küchen arbeitende Mitglieder des Haushaltes direkt neben ihnen standen und die sauber aufgereihten Waren begutachteten.

Zu guter Letzt schnatterte eine Schar Gänse zwischen den Menschen umher.

Sehr schnell entdeckte man auch Ronald und Marie. Drei Herren und eine in traumhafte, mit Goldborten verzierte, Stoffe gewandete Dame traten auf sie zu. Zwei Knechte halfen ihnen beim Absteigen und übernahmen die Zügel der Pferde.

„Wie geht es Murat?"

„Warum ist er noch nicht zurückgekehrt?"

„Und wieso begleitet dich Reginalds Tochter?" Ronald hob die rechte Hand, um die Fragerei zu stoppen.

„Halt, Freunde. Lasst uns doch bitte erstmal reingehen. Ich denke, was wir zu berichten haben, geht die da," er deutete auf die neugierig herüberschauenden Händler, nun wirklich nichts an." Da hatte er wohl recht, wie Marie feststellte, denn es war ruhig geworden. Einzig die Gänseschar stoppte ihre aufgeregten Unterhaltungen nicht und schnatterte weiter zwischen den Menschen umher.

Kurz darauf saßen sie in einem privaten Raum, der den Herren wohl als eine Art Kontor diente. Eine Magd hatte einen Krug mit herrlich kaltem Apfelmost gebracht und eine Platte mit frisch gebackenem Brot und kräftig duftendem Käse dazu gestellt.

Ronald stellte Marie die Rittersleute und auch Jolande, die Gemahlin des Ältesten und Anführers vor.

Nach einem Schluck Saft aus einem schlichten tönernen Becher wandte er sich seinen Gefährten zu.

„Also. Zu euren Fragen. Unserem Murat geht es ganz gut, er ist allerdings stinkwütend. Er hat die halbe Küche der Hallenburg verwüstet. Sämtliche Mägde sind vor Panik erstarrt, als er seine eindrucksvolle Darbietung abgezogen hat." Jolande kicherte.

„Die ganze Nummer?" Ronald schüttelte den Kopf.

„Nur den Teil mit dem Erschrecken und Töpfeklappern. Er hat nicht in die Suppe gepustet und auch kein Gemüse fliegen lassen." Marie seufzte auf.

„Dafür hat unser Gesinde ganz allein gesorgt, dazu brauchten sie keine Hilfe durch euren Geist."

Jolande war ihr einen mitleidigen Blick zu. Offenbar war dieser Murat ein wahrer Tunichtgut. Ronald verdrehte die Augen, als er das Wort wieder übernahm.

„Wie wir es schon vermutet haben, ist es ein recht clever ausgedachter Hexenzauber, der ihn festhält. Marie hat mich begleitet, weil der Bereich um den Tunnelzugang damit verseucht worden ist und es einer großzügigen Räucherung bedarf, den Zauber verlöschen zu lassen. Zwar würde der sich auch von allein lösen, aber das könnte recht lange dauern. Der Gestank sitzt fest im Gestein."

Jolande erhob sich und öffnete einen kleinen, mit überaus kunstvollen Schnitzereien verzierten Schrank. Solch ein Möbelstück hatte Marie noch nie gesehen. Es war winzig klein im Vergleich zu den Schränken und Truhen, die auf der Hallenburg in Benutzung waren. Und so zierlich, dass die Mägde es beim Putzen ganz gewiss zerbrechen würden. Sie reckte den Hals, um einen genaueren Blick zu erhaschen. Das Innere war mit einem golden schimmernden Seidenstoff ausgekleidet.

Jolande griff nach einem Säckchen, von denen einen ganze Reihe auf einem Tablett standen und reichte es Marie.

„Das ist feinster Weihrauch aus der großen Wüste. Du wirst nicht alles brauchen, um den Fluch zu brechen. Sieh den Rest als Geschenk an." Jolande griff erneut in den Schrank und schob eine Schublade auf.

„Mische ihn mit dem weißen Salbei." Sie rechte Marie ein fest gewickeltes Bündel aus hellen, getrockneten Blättern.

„Der ist mächtiger als unsere heimischen Kräuter, da er unter der warmen Sonne des Mittelmeeres heranwuchs. Da es sich vermutlich um das Gebräu einer einheimischen Hexe handeln dürfte, lege noch die passenden Kräuter aus deinen Vorräten bei, bevor du räucherst. Du weißt welche?"

Marie nickte, denn Agnes hatte ihr ja bereits detaillierte Anweisungen erteilt. Nur einige Pilze würde sie noch suchen müssen, aber die Stellen, an denen diese bestimmten Arten wuchsen kannte rund um die Hallenburg fast jedes Kind. Da diese Pilze allerdings als Hexenzeug galten, mieden die Menschen allerdings diese Orte aufs peinlichste. Wer sich dort herumtrieb und erwischt wurde, musste nur zu oft mit dem Verdacht, eine Hexe oder ein Hexer zu sein, leben.

Über leere Flaschen und geistige Getränke

Da draußen bereits die Dämmerung aufzog, bat Jolande Marie über Nacht zu bleiben.

Marie stimmte nur zu gern zu. Auf einige Stunden mehr oder weniger kam es ja auch nicht an.

Murat gab, so hatte Ronald es ihr versprochen, auf der Hallenburg Ruhe. Außerdem erschien es ihr zu gefährlich, durch die nächtlichen Schatten zu reiten. Vor allem, da sie auf dem Herweg mehreren Erdfällen ausgewichen waren und sie sich nicht sicher war, ob sie im Dunkeln alle rechtzeitig erkennen würde. Und außerdem hatte sie es versäumt, selber einen oder zwei Männer mitzunehmen, die zurückbegleitet hätten. Da ritt sie lieber im Morgenlicht.

Während das Nachtmahl vorbereitet wurde, brachte Ronald Marie zu der streng bewachten Schatzkammer, damit sie der dort spukenden Anna einen Besuch abstatten konnte.

Zwei Männer in voller Rüstung bewachten eine doppelflügelige Tür aus Eichenholz, deren Beschläge vergoldet waren. Ein fremdartiges Schloss, welches mit feinsten Gravuren verziert war, hielt die Türen geschlossen. Marie konnte es kaum erwarten, Anna zu sehen und sich über deren Wohlbefinden zu versichern. Wesen wie die weiße Frau schienen hier mit einer großen Selbstverständlichkeit behandelt zu werden.

Sogar die Mägde, die sie während der vergangenen Stunden getroffen hatte, hatten alle nach Murat gefragt und sich erkundigt, wann er denn zurückerwartet würde.

Ronald hatte das große Schloss zur Schatzkammer eben erst mit einem hübsch gefertigten Schlüssel geöffnet, als Anna auch schon blitzschnell auf Marie zugeschwebt kam und sie umarmte.

Oder eher, wieder einmal durch sie hindurchgriff. Marie schauderte es tüchtig, aber sie behielt ihr Lächeln tapfer bei. Immerhin konnte das Gespenst nichts dafür, dass Menschen sich unwohl fühlten, wenn eines der bleichen Wesen sie berührte.

„Hach, du hast mir gefehlt." Marie schmunzelte.

„So lange bist du nun auch noch nicht wieder fort. Und wie ich sehe, hast du unsere kleine Geldtruhe gegen einen viel größeren Schatz eingetauscht, meine Liebe." Anna schwebte einmal im Kreis.

„Ja, das ist schon wirklich eine Kammer, die eines Gespenstes würdig ist." Die weiße Frau zischte zu einer großen goldenen Flasche, die mit vielfarbigen Edelsteinen besetzt war.

„Aber sieh das an, Marie. Wie soll ich, verflixt nochmal, hier zur Ruhe kommen. Das Ding da ist Murats Schlafgemach. Da gehe ich nicht rein. Und diese Kammer hier ist mir viel zu groß, um tagsüber ein Nickerchen zu machen. Da hallt ja jeder Atemzug von den Wänden wider."

„Du atmest?" Anna würgte.

„Eine alte Angewohnheit. Aber diese Flasche schlägt dem Fass den Boden aus. Bring mich nach Hause. Aber flink." Marie hob eine Augenbraue, als sie von der Flasche zu Anna und dann zu Ronald blickte. Dieser grinste breit. Bevor er aber etwas erklärten konnte, legte Anna wieder los.

„Ich sehne mich nach meinem Gemach, so trist es auch sein mag. Außerdem dürfte es auf der Hallenburg viel zu ruhig sein, wenn kein ordentliches Gespenst dort spukt."

Ronald lachte leise.

„Sei dir versichert, meine beste Anna, dass Murat deine Aufgaben sehr ernst nimmt."

„Oh je. Oh jemine. Der arme Koch. Drangsaliert er ihn schlimm?" Anna raufte sich den Schleier. Oder waren es ihre Haare? Aber egal. Sie machte sich offenbar Sorgen um die Hallenburger. Was war das bloß mit diesem Murat? Marie hob nun auch die andere Augenbraue fragend an, als Ronald leise kicherte.

„Murat ist kein Gespenst, sondern in seiner Art ein waschechter Dschinn aus dem Orient. Das da," Ronald wies auf die Flasche, „ist der natürliche Wohnraum eines Dschinn. Man nennt die deshalb auch Flaschengeister."

Ah ja. Marie verschluckte sich beinahe, als sie der Worte eines älteren Edelmannes gedachte, der vor nicht allzu langer Zeit den Vater besucht hatte.

Dieser hatte immerzu vom „Geist aus der Flasche" gefaselt und damit ein sogenanntes geistiges Getränk, nämlich schnöden Branntwein, gemeint. Ronald verstand sie auch ohne Worte.

„Ja, unser Murat ist die geistige Essenz dessen, was die Menschen ganz einfach „besoffen" nennen. So benimmt er sich zumindest. Leider viel zu häufig. Und wie die Trinker auch, liebt er deftiges und süßes Essen. Der Gute hat eine ausgesprochene Vorliebe für die Küche seiner Heimat. Unser Küchenmeister kann ein Liedchen von den ungefragten Einmischungen unseres Dschinn singen." Was für Marie die nächsten Fragen aufwarf.

„Dieser Murat kann essen?" Anna konnte zwar einige wenige leblose Dinge bewegen, aber wenn sie essen wollte, fiel es einfach durch sie durch.

„Er ist ein Dschinn, kein Gespenst. Er ist nicht nach dem Tode dageblieben, Dschinne sind mächtige Geister und haben stoffliche Körper, die sie aber auch hin und wieder in einen Zustand, der denen eines Gespenstes ähnlich ist, bringen. Dadurch können auch sie Mauern durchdringen und jede Menge dummes Zeug anstellen." Was einiges erklärte.

„Und er ist so ein liebenswerter Kerl." Anna drückte die Hände vor die gespenstische Brust.

„Wann immer mir nach Gesellschaft zumute ist, erscheint er. Er kennt die besten Scherze und weiß so viel." Da war wohl jemand ein wenig verliebt. Marie sah, dass Ronald breit grinste.

„Kann es sein, dass sich unsere Wächter ein wenig zu gut verstehen?" Gleich darauf zuckte er zusammen, denn Anna war einfach durch ihn hindurchgefahren.

„Ungehobelter Kerl. Natürlich verstehen wir uns. Immerhin bewachen wir denselben Gang. Jeder von seiner Seite aus, aber ohne den einen hätte der andere keinen Erfolg. Und verliebt war ich nur einmal. Als Mensch in meinen damaligen Gemahl. Und diese Liebe wird jemand wie du, der keine Ahnung davon hat, nicht beschmutzen." Anna sank auf den Boden und verbarg das Antlitz in den Händen.

Zu früh geboren

„Ich habe ihn bis zu meinem letzten Atemzug geliebt. Auch, wenn er schon Jahre vor mir diese irdische Welt verlassen hat. Aber ich musste mich ja zusammenreißen und bleiben. Immerhin waren uns fünf Kinderlein geschenkt worden, die ansonsten allein auf Erden hätten durchkommen müssen. Eines davon wurde zu allem Unglück sterbend geboren, aber die anderen wuchsen zu starken Menschen heran. Ich habe mich immer um sie gekümmert, auch, als mein Lebensfaden durchtrennt wurde. In meiner jetzigen Form war es schwierig, aber machbar. Sie sind schon lange ihrem Vater in himmlische Gefilde gefolgt, aber jedes von ihnen hatte ein langes und glückliches Leben. Jetzt leben die Enkelkinder meiner Urenkel im Haus und auch diese besuche ich manchmal. Wenn ich mich ihnen auch nur selten zeige." Marie horchte auf.

„Du bist also auch die weiße Frau, die immer wieder mal drunten am Malzhaus spukt?" Anna nickte.

„Ja, genau dort verlebte ich meine Tage."

„Und wie kommt es dann, dass du nun auf der Burg wohnst?" Ronald griff nach Maries Hand und drückte diese sanft.

„Hast du dich nie gefragt, was Annas persönlicher Schatz sein mag, den sie in der Kammer hütet?" Marie fiel es wie Schuppen von den Augen.

„Die Gebeine in der Nische. Das war dein Kindchen?"
Anna nickte. Sie blickte Marie fest an.

„Als der kleine Jost viel zu zeitig geboren wurde, begannen gerade die Bauarbeiten an der Vorgängerburg der heutigen Hallenburg. Der Baumeister war ein dem Glauben an die alten Götter anhängender Mann. Als solcher vertrat er die Überzeugung, dass der Bau nur dann ein Erfolg werden würde, wenn man ein lebendes Kindlein in den Grundsteinen einschlösse. Nur dann hätten die Mauern Bestand über Generationen von Menschenaltern. Dein Vorfahre, liebe Marie, fand das einen schrecklichen Brauch. Trotzdem beschloss er sicherheitshalber, den Sitten nachzukommen, gerade, als mein süßer Jost viele Wochen zu früh geboren wurde. Der Fels rund um das alte Haus sah etwas brüchig aus. Das Gebäude an sich war schon fast völlig zerfallen, die Mauern wiesen tiefe Risse auf, die sich auch auf den Felsgesteinen unterhalb fortsetzten. Und da der Herr unbedingt an diesem Platz zu bauen gedachte, nahm er jeden Rat an, dessen er habhaft werden konnte." Anna rieb mit beiden Händen über ihr Gesicht, bis sich weiße Nebelfädchen lösten. Blasse Tränen rannen ihr über die Wangen, als sie fortfuhr.

„In fast jedem großen Bau findet man, wenn man genau sucht, die Überreste einer solch armen Seele, wie es die meines kleinen Josts. Aber das sollte ich erst später erfahren." Die weiße Frau zeichnete mit einem Finger ein Bild in die Luft. Dort, wo sie entlangfuhr, entstand ein blasses Abbild eines winzigen Säuglings.

Das haarlose Köpfchen war kaum so groß wie ein Sommerapfel, die Ärmchen dünn wie die Ästchen eines neu ausgetriebenen Strauchs. Eine Decke legte sich um den mageren Leib und das Weinen einer verzweifelten Frau erfüllte die Kammer.

„Das Kindlein hatte gerade erst das Licht der Welt erblickt, atmete aber kaum noch, als der Herr auf mich zukam und es nach den alten Sitten für den neuen Bau forderte. Er versprach, dass es uns an nichts mehr fehlen würde, wenn er es nehmen dürfte. Die Hebamme kleidete den armen Jost in ein wunderschönes Gewand aus besticktem Leinen und der Herr nahm den kleinen Wurm mit sich. Mein Jost starb später mutterseelenallein in der steinernen Kammer, wo er bis heute ruht." Marie wurde schlecht. Anna strich ihr mit kalten Fingern übers Haar. Oder so.

„Schau nicht so entsetzt, Marie. Unser Jost hätte auch so nie überlebt. Er war viel zu klein und bereits, als er geboren wurde, blau angelaufen. Durch sein Opfer musste aber keines meiner Kinder jemals das Gefühl des Hungers kennenlernen. Und das, wo doch mein Gemahl, der Mälzer und Brauer, kurz vor meiner Niederkunft verstorben war. Als Witwe war mein Weg in Armut vorgegeben, ich hätte mich bei reichen Bauern oder auf der Burg verdingen müssen. So konnte ich für die Kinder sorgen, den Garten und sogar ein kleines Feld nur für uns bestellen. Sogar die Gerste durfte ich weiterhin verarbeiten und Malz fürs Bier gewinnen."

„Aber du konntest nicht mit dem Verlust des kleinen Josts abschließen?" Anna schüttelte den Kopf.

„Niemals konnte ich das, bis heute nicht. Nach meinem Tod wurde es leichter, da ich jetzt seine Gebeine nahe bei mir haben kann. Allerdings binden diese mich auch an die Hallenburg. Ich bin als weiße Frau nicht in der Lage, die Knochen aus der Burg zu bringen. Und ich würde es nie wagen, jemanden darum zu bitten. Die Gefahr, dass der Boden unter unseren Füßen wegbricht, ist mir viel zu groß. Als dann irgendwann die Frage aufkam, ob ich die Wache über den alten Gang übernehmen könnte, war es für mich wie ein warmer Sonnenaufgang. Murat war plötzlich an meiner Seite und zeigte mir, dass auch ein Dasein als Burggespenst seine schönen Seiten hat. Und ich konnte für sehr viele Jahre meine Kinder erst alt werden sehen und danach über deren Nachkommen wachen. Meinen Frieden habe ich mit dem Schicksal gemacht. Und manchmal werde sogar ich noch reich beschenkt. Eine der Gaben bist du, liebste Marie. Ich habe deine Freundschaft gewonnen und du akzeptierst mich so, wie ich bin.

Marie schniefte in dem Versuch, die Tränen zurückzuhalten. Starke Arme zogen sie an eine feste Brust. Ronald streichelte über ihren Kopf und murmelte beruhigende Worte. Anna schwebte durch beide hindurch und brachte sie zum Zittern.

„Marie. Du musst nicht weinen. Schau, der Ritter mag dich." Marie hickste, bevor sie zu kichern begann. Gleichzeitig lachte Ronald polternd los.

„Willst du die Kupplerin spielen, Gespenst?"

„Und? Klappt es?" Marie warf Anna, die ein schelmisches Grinsen im Gesicht trug, einen gespielt bösen Blick zu und löste sich von Ronald. Dieser hob nur eine Augenbraue und schnaubte leise.

„Das geht dich alles so gar nichts an, verehrte Anna Mälzerin." Dass Marie knallrot geworden war, übersahen beide beflissentlich. Klar, der Ritter war ein gutaussehender Mann, der sein Herz am rechten Fleck zu haben schien. Aber es stand außer Frage, dass der Vater eine solche Verbindung genehmigen würde. Immerhin war sie die Hausherrin der Hallenburg. Wer sollte denn, wenn sie zu einem Gemahl zöge, deren Aufgaben übernehmen? Für sie kam eine Ehe so schnell nicht in Frage.

Eine warme Hand legte sich in Maries Kreuz.

„Lass uns hier verschwinden, bevor das Gespenst noch Bruder Heinrich holt, damit er sofort eine Hochzeit zelebriert." Hinter ihnen kicherte Anna hoch und klar wie eine Silberglocke.

Marie ließ sich nur zu bereitwillig aus der Tür schieben. Im Augenblick wollte sie nicht darüber nachdenken, ob und wann auch sie einen Partner wählen dürfte.

Annas Lachen folgte ihnen noch eine Weile.

In einem größeren Saal, der zentral im Hauptgebäude lag, fanden sich alle Bewohner ein, um das Abendmahl einzunehmen. Auch Heinrich, der Geistliche, war von der Hallenburg zurückgekommen.

„Marie, Euer Vater lässt Euch ausrichten, dass Ihr Euch Zeit lassen sollt. Er möchte nicht, dass Ihr über Nacht reitet." Ronald bedeutete ihr, sich zu setzen.

„Sie ist bereits eingeladen, uns Gesellschaft zu leisten. Aber sag, gibt es noch Neuigkeiten?" Heinrich nahm den Kelch mit Würzwein, den ihm eine Magd reichte und ließ sich neben Marie nieder.

Magie nach Art eines Flaschengeistes

„Ja, die gibt es. Ich hatte kurz vor meinem Heimritt noch eine interessante Unterhaltung mit unserem guten Murat. Oder eher gesagt, dem Schlingel. Er war wohl nie so ganz ehrlich zu uns, Ronald. Aber warten wir doch, bis die anderen Herrschaften ebenfalls hier sind. Dann muss ich nicht alles mehrfach erzählen." Er griff nach einem Stück Brot, dass eben in einem flachen Korb auf die Tafel gestellt wurde.

Kurze Zeit später war der Raum gut gefüllt. An allen Tischen wurde angeregt geplaudert und das soeben aufgetragene Abendessen duftete verführerisch. Heinrich schob sich neben dem ungeduldig mit den Fingern knackenden Ronald ein gegrilltes Hühnerbein in den Mund und kaute genüsslich seufzend.

Marie musste ein Grinsen unterdrücken. Der Geistliche machte das bestimmt mit Absicht. Der Kirchenmann war ein rechter Tunichtgut und stand dem Dschinn ganz sicher in nichts nach.

Er schien die Herren hier mit Vorliebe zu necken, soviel stand schon mal felsenfest.

Allerdings verging auch sie vor Neugierde. Da der Mönch nicht besorgt dreinschaute, war vermutlich nach Maries Abreise nichts geschehen, was ihr Sorgen machen müsste. Außer, dass Murat offenbar Mist gebaut hatte. Aber das schien ja bereits länger her zu sein und die Hallenburg nur am Rande zu betreffen.

Heinrich wischte sich die Finger an seiner Tunika sauber und nahm einen Schluck Wein. Sofort war ihm die Aufmerksamkeit am Herrschaftstisch sicher.

„Also. Wusste einer von euch, dass unser Murat seine eigenen, ganz speziellen Maßnahmen ergriffen hat, seinen Schatz zu sichern?" Nach Maries bescheidener Meinung hatten sie keine Ahnung, wovon der Mönch da faselte. Fragende Blicke forderten Heinrich auf, sich gefälligst endlich zu erklären. Dieser lachte auf.

„Ich kann euch förmlich denken sehen. Ja, der Dschinn sieht all das, was ihr aus seiner Heimat mitbringt, als das seine an. Aber das habt ihr ja mit Sicherheit schon so vermutet. Es liegt eben in deren Natur, zu beschützen, was zusammengetragen wurde. So haben eure Vorgänger ihn ja auch auf dem Rückweg von Jerusalem hergefunden." Ronald nickte Marie zu, die als Einzige nicht mit den Eigenheiten des fernen Orients vertraut war.

„Ein Dschinn ist fast immer ein Bewahrer. Und unser Murat im Speziellen, wachte über eine Höhle, in der sich höchst ungewöhnliche Sachen befanden. Für seine Heimat lagen da die üblichen Dinge wie Gold, Teppiche und Seidenballen. Aber eben auch verborgene Schätze, die dem Beginn unserer christlichen Kirche zuzuordnen waren. Unser Murat ließ den Rittern die Wahl. Ein einziges Stück durften sie mit sich nehmen und sie sollten weise wählen." Heinrich deutete mit seinem Messer, mit dem er eben noch an einem Stück Schweinsbraten herumgesäbelt hatte, auf Ronald.

Fleischsaft tropfte auf die mit Bienenwachs behandelte Tischplatte.

„Uns sie wählten weise. Das kannst du mal ganz genau glauben." Ronald nickte zustimmend.

„Murat pries ihnen beinahe alles an, was in seiner Höhle von Räubern verborgen worden war. Bis auf ein kleines, unscheinbares Bündel. Etwas war in ein schmutziges Leintuch gewickelt und mit einem schlichten Strick zugebunden worden. Das legte natürlich die Vermutung nahe, dass die eigentliche Kostbarkeit genau dieses Päckchen war. Und genauso war es. Sie entschieden sich nur dafür." Einer der anderen Ritter hob den Kelch.

„Auf den größten Schatz, den unsere Vorritter ins Abendland brachten!" Alle erhoben sich und tranken auf das Marie nach wie vor unbekannte Ding.

Heinrich erbarmte sich ihrer.

„In dem Bündel fanden sie mehrere Stücke Holz und den zerschlissenen Teil eines Tuches, sowie einen zerbrochenen Dornenzweig. Außerdem lag ein Pergament dabei. Auf diesem stand in hebräischen Buchstaben zu lesen, dass es sich um Teile des Kreuzes unseres Gottessohnes, einen Teil des Tuches, welches seine Blöße bedeckte und einen Zweig aus der Dornenkrone des Herrn Jesus handelte."

Oha. Das war wahrhaftig ein Schatz. Marie schluckte trocken.

„Als sie auf dem Bündel bestanden, erklärte Murat, dass die Männer schlau gewählt hätten und ihnen daher der Inhalt der gesamten Höhle gehören würde. Unter der Bedingung, dass er sie begleiten dürfe." Diese Geschichte kam Marie wie ein wahr gewordenes Märchen vor.

„Den größten Teil der Reliquien Jesu haben sie, ganz wie es sich gehört, dem Papst übergeben. Ein Stück des Holzes vom Kreuz aber, das durften sie für ihre eigene Kirche nehmen. Und in dieser ist es nun auch verborgen. Murat und Heinrich allein wissen, wo." Ronald trank einen Schluck.

„Aber Heinrich, nun sprich, was hat unser Dschinn denn heimlich für Maßnahmen ergriffen?" Der Mönch fuchtelte wieder mit seinem Messer umher. Sein Sitznachbar, auf der von Marie abgewandten Seite, griff beherzt zu und nahm ihm die gut geschärfte Klinge ab, bevor er noch jemanden damit verletzte.

„Murat, der Schlingel, hat den Fluchttunnel bezaubert und es nie verraten. Wer auch immer diesen mit unlauteren Gedanken im Kopfe betritt, der wird aufgehalten werden. Er platzierte nämlich einige Flüche, die den Tunnel dann umgehend zum Einsturz bringen würden. Außerdem gab er dem Tunnel den Befehl, dass ein gefahrloser Zugang einzig von unserer Seite her gewährt würde. Außer ihm und der Anna Mälzerin sollte niemand hin und her eilen können."

Wie schlau. Marie zollte dem quirligen Dschinn ihren Respekt. Bloß war der Gang nun zerstört und damit in Zukunft nicht mehr nutzbar. Aber auch für dieses Problem würde er gewiss eine Lösung finden.

Außerdem konnten die Geistwesen diesen doch trotzdem noch nutzen?

Oder etwa nicht? Würde der Tunnel sich vielleicht sogar von selbst wieder errichten? Die Zeit allein würde irgendwann Klarheit bringen.

Während die Männer während des Mahls und darüber hinaus laut diskutierten, wie ihr Eigentum in Zukunft beschützt werden könne, übermannte Marie die Sehnsucht nach einer Mütze voll Schlaf.

Blondes Gift

Sollten sie sich die Köpfe heiß reden, ihr verlangte es nach einem Bett. In der vergangenen Nacht war ihr kaum Schlaf vergönnt gewesen und die Müdigkeit legte sich wie Blei über ihre Glieder. Da man ihr früher am Abend ein Gemach zugewiesen hatte, zog sie sich zurück.

Sie verzichtete auf die Dienste einer Kammermagd und betrat den Raum, der oben unter dem Dach gelegen war, allein. Drei Kerzen, die auf einem Tisch an der Wand unterm Fenster standen, gaben, gemeinsam mit dem fast vollen Mond draußen, ausreichend Licht ab. Ausreichend, um zu erkennen, dass sie nicht allein war.

Ihr erster Gedanke war, dass sie sich in der Tür getäuscht hätte. Marie schaute zurück auf den Gang, um die Türen auf dieser Seite zu zählen. Es war die dritte, ganz so, wie es in ihrer Erinnerung richtig war. Langsam trat sie zurück in die Kammer. Auf der Bank am Fußende des geräumigen Bettes lag eindeutig ihr Kleid mitsamt ihrer alten, verschlissenen Tasche.

Für das Abendmahl hatte Jolanda Marie ein frisches Untergewand und einen bestickten Surcot geliehen, da ihre eigenen Kleider nach dem sommerlichen Tag ziemlich durchgeschwitzt waren. Sie hasste es, wenn sie sich selber kaum ertragen konnte, weil der alte Schweiß zu müffeln begann. Daher war ihr Jolandes Angebot nur recht gekommen.

Jetzt bereute sie es allerdings, erst Minuten vorher auf die von Jolande angebotene Magd verzichtet zu haben, die ihr dabei geholfen hätte, sich für die Nacht fertig zu machen.

Langsam und auf Zehenspitzen trat sie zu dem breiten Bett, dass von dunkelgrünen Vorhängen aus schwerem Samt umgeben war und spähte dazwischen hindurch. Lange blonde Haare lagen auf dem Kissen ausgebreitet. Marie zog vorsichtig an der Decke, um die Frau genauer anzusehen, die es sich hier bequem gemacht hatte. Vielleicht hatte diejenige sich ja in der Tür geirrt.

Marie zupfte weiter. Gerade, als der Oberkörper unter der wollenen Decke sichtbar wurde, fuhr die Person kreischend auf.

Auch Marie schrie vor Schreck.

Laut. Aber nicht so laut, wie das Kreischen Irmengardes, die gerade vermutlich sämtliche Fledermäuse im weiten Umkreis taub werden ließ.

Die ziemlich zerschlagen wirkende Grafentochter brüllte förmlich das ganze Haus zusammen.

Und da kamen sie auch schon. Mit gezogenen Schwertern stürzten die Ritter mitsamt ihren Knappen durch die Tür.

Wieso immer sie das auch taten. Marie verdrehte die Augen. So viele Männer in dem engen Gemach hätten niemanden besiegen können.

Aber Irmengarde verschlug es offenbar endlich die Sprache und sie verstummte.

Die Adlige hielt eine kleine Kiste umklammert, die sie augenscheinlich auch im Schlaf in ihren Armen gehalten hatte.

„Aha. Das nenne ich frech. Das Fräulein kommt, um zu stehlen und legt sich danach gleich hier ins Bett."

„Ich bin die Tochter des Grafen und wo ich mich zur Ruhe bette, geht niemanden etwas an. Und ich stehle nicht, ich habe mir nur genommen, was ihr uns in verbrecherischer Absicht vorenthalten habt."

Marie blickte entsetzt von Irmengarde zu den Männern. Auch jene bekamen gerade große Augen, ob der unglaublichen Anklage der schmuddeligen Blondine.

„Euch steht hier gar nichts zu. Der Graf hat seine Steuern und geforderten Zahlungen immer pünktlich erhalten. Und würdet ihr bitte meiner Gemahlin ihren persönlichen Schmuck zurückgeben? Der ist nämlich einzig und allein ihr Eigentum. Es war meine Morgengabe an sie. Und als solche untersteht das Geschmeide keinerlei Abgabepflichten." Marie schluckte trocken, als Jolandes Gemahl resolut auf Irmengarde zutrat und dieser die kleine Truhe aus den Händen zog. Diese zog eine Schnute, als wäre sie ein Kleinkind, dem man etwas Süßes verwehrte.

„Aber ich brauche die Juwelen. Ich habe nicht so schönen Schmuck. Ich bin die Tochter des Grafen und kann nicht akzeptieren, dass ein Weib, dass im Rang unter mir steht, wertvolleres Geschmeide sein Eigen nennt." Das war zu viel.

Auf einen Wink ergriff einer der Knappen die sich wehrende Irmengarde und führte sie aus dem Gemach.

Maries Müdigkeit war durch die Aufregung gewichen, daher saß sie mit Ronald und einigen weiteren Leuten noch ein Weilchen bei einem Becher Wein in einem kleineren Raum, der wohl ebenfalls eine Art Verhandlungsraum oder Kontor zu sein schien. Über Irmengarde, deren Rippen durch den Einsturz des Tunnels ziemlich mitgenommen waren, schüttelten alle den Kopf.

Die junge Frau schien doch recht fehlgeleitet zu sein. Trotz ihrer Schmerzen hatte sie in ihrer Gier nach Juwelen nicht aufgegeben, nach Wertvollem zu suchen. Und vor allem hatte sie die Frechheit besessen, es sich auch noch in einer vorbereiteten Kammer bequem zu machen, ohne auch nur den Hauch von Unrecht zu empfinden. Aber urteilen sollten andere über sie, den Bruder und den Grafen.

Ehe oder nicht Ehe, oder was war nochmal die Frage?

„Sag, wie war es bei den Kreuzfahrern? Haben sie dich gut behandelt? Was wird mit dem Grafen?" Marie verkniff sich ein Schmunzeln. Sie hatte das heimische Burgtor gerade erst durchritten, als der Vater bereits auf sie zustürmte und mit Fragen nur so um sich warf. Ronald hatte sie ein Stück des Weges begleitet. Er hatte sie unterwegs darüber informiert, welchen Vorschlag die Ritter beim Kaiser zu machen gedachten, was die Bestrafung des Grafen und vor allem seiner Kinder betraf. Carolus sollte, so die Meinung der Kühndorfer Ritter, sich die Schätze selber aus dem Orient holen und während eines Kreuzzuges ins Heilige Land Busse tun müssen. Dem Grafen wäre die Gefahr, seinen Sohn zu verlieren Strafe genug, vor allem, da er zuzusehen hatte, wie er sein Land mit leeren Kassen regierte. Irmengarde hingegen sollte an den Hof des Kaisers gesandt werden, um dort zu dienen. Mit etwas Glück fand sie bei Hofe, trotz der Ermangelung einer guten Mitgift, einen betuchten Gemahl, der Marie aber jetzt bereits leidtat.

Reginald hatte Maries Bericht aufmerksam zugehört. Der Vater war entsetzt, was die Kinder seines Dienstherrn sich da geleistet hatten. Und auch der Graf selber kam nicht besser in seinen Worten weg.

Einiges war ihm ja bereits bekannt, aber die wahren Ausmaße der Unerzogenheit der adligen Familie erschrak auch ihn.

„Wir sollten uns auf einige harte Jahre gefasst machen, meine Tochter. Man wird uns bis auf das letzte Hemd bluten lassen, um die Geldkassette des Grafentums wieder zu füllen. Und nicht nur das, die Henneberger werden auf ganz persönliche Rache sinnen. Es wird nicht einfach werden." Er legte ihr eine Hand auf die Schulter, während er ihren Blick suchte.

„Vielleicht solltest du dir einen Gemahl nehmen, mein Kind und dir eine eigene Familie schaffen. Ich werde meine Aufgaben hier auch ohne deine Hilfe bewältigen. Das hätte ich schon immer tun sollen. Du hast viel zu viel übernommen. Nach dem Tod deiner Mutter ging es mir nicht gut, aber spätestens nach einem Jahr hätte ich den Haushalt einer fähigen Frau übergeben sollen. Oder gar heiraten. Ich weiß, dass dir der Herr Ronald gefällt, das hat ja sogar ein Blinder gesehen. Wenn er dich will, dann greif zu. Folge dem, was dein Herz dir gebietet, meine Tochter." Marie erstarrte.

Wie bitte? Wollte er sie verschachern? Sie schüttelte den Kopf. Es war immer noch ihre Entscheidung, wie sie ihr Leben verbrachte.

„Ich tu hier meine Arbeit, weil ich es will. Und ich brauche noch keinen Mann. Dafür ist auch später noch Zeit."

„Doch, den braucht sie. Und zwar umgehend, am besten gestern."

Ronald stürzte, gemeinsam mit dreien seiner Männer, in den Saal. Reginald forderte ihn mit einem Wink seiner Hand auf, zu reden.

„Der Graf hat heimlich einen seiner entkommenen Männer zum Kaiser gesandt und fordert Maries Hand für seinen Sohn als Entschädigung für Euren Verrat an ihm." Ronald suchte Maries Blick.

„Er hat die ganze Geschichte soweit verdreht, dass Euer Vater ihm das Recht auf Nutzung des Tunnels verwehrt hat." Er sah auf und nickte nun Reginald zu.

„Immerhin seid Ihr sein Vasall. Zwar glauben wir, dass im Endeffekt die Gerechtigkeit siegt, aber sie muss dringend von hier verschwinden, bevor sie sich für immer an Carolus' Seite gebunden wiederfindet."

„Wie bitte?" Marie sank auf eine Bank. Das durfte nicht wahr sein. So viel dazu, dass allein sie über ihr Schicksal entschied.

Pustekuchen. Wer auch immer die Fäden ihrer Geschicke in der Hand hielt, hatte einen ziemlich schlechten Sinn für Humor.

Marie hatte ja mit vielem gerechnet, aber mit so etwas? Einen heiraten, um dem anderen zu entkommen? Das klang ganz arg nach etwas, das sonst nur auf Jahrmärkten besungen wurde. Aber offenbar befand sie sich gerade mitten in einer solchen Geschichte. Dem nächsten Minnesänger, der vorbeikam, würde sie die Verse zurück in den Rachen stopfen.

Verflixt nochmal.

Ronald trat vor und sank auf ein Knie.

„Marie von der Hallenburg, würdest du mir die Ehre erweisen, meine Gemahlin zu werden und mit mir gemeinsam auf eine Reise in den fernen Orient aufzubrechen? Ich schwöre auch, dir niemals Schaden zuzufügen und zu lernen dich zu lieben."

Das war ja mal ein starkes Stück.

Ihr blieb auch noch der letzte Rest an Luft weg.

Sie, die Hausherrin einer kleinen, unbedeutenden Verwaltungsburg sollte in die weite Welt ziehen? An der Seite dieser starken, kampferfahrenen Männer? Als was? Als stumme Begleitung? Oder als Hindernis, dass es zu beschützen galt? Da ging sie doch lieber in die Wälder, um sich zu verstecken. Marie sprang auf, holte tief Luft und sah Ronald tief in die Augen.

„Ich brauche kein Almosen, werter Herr Ritter. Ich kann mich gegen eine unerwünschte Ehe gut selber zur Wehr setzen. Ihr könnt beruhigt von dannen ziehen."

Der Vater griff nach ihrem Arm und drehte Marie mit resolutem Griff zu sich. Er blickte ihr tief in die Augen.

„Kind. Du hast ja keine Ahnung, welche Macht die Henneberger haben. Natürlich wird irgendwann Recht gesprochen werden, da ich vermute, dass die Kühndorfer die Kirchenmänner an ihrer Seite haben. Aber das kann dauern. Und danach wird uns das Grafenhaus pisaken, wann immer sie schlechte Laune haben. Mir wäre wirklich wohler, wenn du das Angebot annimmst. Geh mit ihnen. Sei eine wahre Gefährtin. Auch eine Gesellschaft auf Reisen braucht all die Dinge, die auch einer Burg benötigt werden. Nahrung,

Kleidung, Jemanden, der gut und nahrhaft zu kochen in der Lage ist. Und natürlich eine Person, die eine absolute Meisterin im Verhandeln mit jedem Kaufmann dieser Erde ist. Eine Frau wie du wird niemals als stummes Mäuschen danebenstehen. Wenn du ihn jetzt nicht zum Manne nehmen willst, ist es in Ordnung. Dann erbitten wir Zeit, damit du dir über deine Gefühle klar werden kannst. Aber begleite sie, damit du deine eigenen Entscheidungen treffen kannst. Lass dir ruhig Zeit." Er schaute fragend zu Ronald, der zustimmend nickte. Augenscheinlich wäre er sogar damit einverstanden, sie auch ohne Ehegelübde mitzunehmen. Reginald atmete seufzend aus, als er Marie in eine feste Umarmung zog.

„Ich möchte dich nie an der Seite eines Hennebergers sehen." Ach herrje, welch ein Durcheinander.

Marie wurde schwindelig. Sie presste die Augen ganz fest zusammen, damit die Welt schön draußen blieb. Der ganz eigene Duft des Vaters, der einfach nach Zuhause roch, beruhigte sie ein wenig.

So schnell konnte sich doch einfach kein Leben ändern. Aber hatte sie denn, ganz nüchtern betrachtet, eine Wahl? Das Wort des Vaters war von Gewicht. Und außerdem war das Letzte, dass sie wollte, ihm Ärger zu bereiten.

Klar, konnte sie flüchten und irgendwo verborgen in einer Kate im Wald hausen. Aber der Vater würde den Ärger der Henneberger voll abbekommen, da man vermuten würde, er hielte sie versteckt.

Ergeben nickte sie und löste sich aus seinen beschützenden Armen. Marie reckte das Kinn in die Höhe und strich eine verirrte Haarsträhne zur Seite, die ihr immer wieder vor die Augen rutschte.

„Also gut. Ich werde mit Ronald gehen. Aber ausschließlich als dessen rechtmäßig angetraute Gemahlin. Die Grafenfamilie wird nämlich nur dann Ruhe geben, wenn wir ihnen glaubhaft machen können, dass die Ehe bereits vor der Nachricht des Grafen an den Kaiser geschlossen wurde. Zu unser aller Glück habe ich letzte Nacht in der Festung geweilt. Da ich dort mit Irmengarde zusammengeraucht bin, kann meine Anwesenheit dort als die der neuen Gemahlin Ronalds ausgelegt werden. Wir haben geheiratet, kurz bevor die Henneberger auf die Hallenburg kamen. Mein Gemahl war gerade unterwegs, meine Ankunft vorzubereiten. Das und nichts anderes ist geschehen." Marie erhob sich und wandte sich Ronald zu, der immer noch vor ihr kniete.

Röslein, Röslein, Röslein rot...

„Ich nehme deinen Antrag an. Aber wir heiraten vorgestern." Oder so ähnlich. Was immer möglich war. Und wenn der Heiratsvertrag gefälscht werden musste.

Erleichterung breitete sich aus. Von sämtlichen Gesichtern wich ein Teil der Anspannung.

Offenbar sollte die kleine Schummelei kein Problem darstellen.

Gerade als Marie das Gesinde informieren wollte, dass noch an diesem Tag ein Fest stattfinden würde, rauschte Murat in den Palas.

„Hier wird ein Hochzeitsplaner benötigt?" Er rieb sich die Hände. „Fein. Murat steht zu Diensten. Ich bin dann mal eben in der Küche. Sorgt bitte jemand dafür, dass die Braut halbwegs respektabel ausschaut?" Marie brach vor Lachen beinahe zusammen. Fast so sehr, wie ihr Leben gerade den Berg hinabrutschte.

Als der Abend hereinbrach, war die Kapelle der Burg festlich herausgeputzt worden. Die Frauen hatten alles aufgeboten, was die Blütenwelt derzeit hergab und Murat sich selber übertroffen. Der Flaschengeist war zwei geschlagene Stunden damit beschäftigt gewesen, die eilends herbeigebrachten Blumen so zu bezaubern, dass sie nicht nur verstärkt dufteten, sondern dass ein Hauch von Gold über jedem Blütenblatt lag.

Heckenrosen, Wiesenblumen, sogar blühenden Salbei hatten sie zu Girlanden gewunden und Sträußen gesteckt. Es duftete überall, als hätte man das lieblichste Duftwasser ausgegossen.

Bruder Heinrich, nach welchem eilends geschickt worden war, stand neben dem kleinen Altar mit dem geschnitzten Kreuz und wartete breit grinsend auf Marie. Neben ihm stand Ronald, der unruhig von einem Fuß auf den anderen trat.

Marie betrachtete von der Kapellentür aus ihren zukünftigen Gemahl. Sie wusste inzwischen einfach, dass sie mit ihm ihr Glück finden würde.

Irgendwann. Er hatte ihr versprochen, die Ehe erst dann zu vollziehen, wenn sie bereit war. Niemand, auch der Vater nicht, würde darauf bestehen, das Laken zu sehen, um den Vollzug der Ehe zu bestätigen. Trotzdem hatte sie für sich selber beschlossen, ein wenig Blut zu vergießen. Ein kleines Messer lag daher auf dem Tischchen neben dem Bett bereit. Ein Schnittchen in den Finger würde genügen, damit auch für Außenstehende der Beweis erbracht war. Niemand sollte mehr lügen müssen, als es dringend notwendig war. Das war sie allen schuldig.

Reginald legte ihre Hand auf seinen Arm und suchte ihren Blick.

Sie nickte ihm zu. Marie war bereit.

Bereit, in die Welt zu ziehen an der Seite eines guten Mannes. Mit dem ersten Schritt auf Ronald zu verfestigte sich ihre Zuneigung zu ihrem Mann zu einer festen Mauer, an der sie immer Halt finden würde.

Sein bewundernder Blick glitt über sie, als der Vater ihre Hand an Ronald übergab.

„Du bist die Schönste und Einzige für mich."

Wenige Worte Heinrichs später waren sie seit zwei Tagen verheiratet. Klang komisch, war aber auf der Urkunde, die der Geistliche schwungvoll unterschrieb, so vermerkt. Sogar Murat nickte bestätigend, als er einen Blick auf das Pergament warf. Der Dschinn war der Kapelle ferngeblieben. Er war der Meinung, dass dieser Gott ihn nicht mochte. Immerhin behaupteten dessen Diener, dass es die meisten magischen Wesen nicht geben durfte. Nicht einmal die Hexen waren ihnen genehm. So etwas unterstützte kein Dschinn, der etwas auf sich hielt. Was ihn aber nicht hinderte, sich bei dem anschließenden Festmahl den Bauch vollzustopfen.

Mit der Dämmerung des neuen Tages brach eine Gruppe Kreuzritter auf, um im Heiligen Land ihre Pflicht zu tun. Auf einer tiefschwarzen Stute ritt dabei eine junge, verschleierte Frau neben dem eindrucksvollen Ronald vom Orden der Ritter des Heiligen Kreuzes.

Märchenomagedanken

Als Anna mit ihrer Erzählung geendet hatte, stimmte der Chor, der sich eben auf der Bühne hinter ihr aufgestellt hatte, lautstark und ein wenig schief „Oh Happy Day" von Edwin Hawkins an.

Oh ja. Das war ein glücklicher Tag.

Ein Tag, um das Dasein zu feiern. Genauso, wie Maries Hochzeitstag ein ganz besonderer gewesen war. Auch wenn sie selber diesen nur aus Erzählungen kannte, da Anna ja immer noch in der Schatzkammer der anderen Burg festgesessen hatte. Aber man hatte noch jahrelang von dem rauschenden Fest auf der Hallenburg geschwärmt. Heinrich hatte ihr ein Sträußchen von den goldenen Blumen mitgebracht, die sie danach für Ewigkeiten im Kistchen ihres Josts in Ehren gehalten hatte.

Die Freundin war für mehrere Jahre weggeblieben. Nur ganz selten hatte Kunde von ihr und Ronald die Hallenburg erreicht.

Im Gegensatz zu den Hennebergern, denn der Graf ließ Herrn Reginald in der Folgezeit permanent irgendwelche komischen Aufträge übermitteln.

Nur langsam hatte der Graf sich beruhigt. Irmengarde war, auf Anraten des Kaisers, in ein Kloster eingetreten. Was kurz vorher noch unglaublich geklungen hätte, die verwöhnte Grafentochter hatte dort ihre wahre Bestimmung gefunden.

Sie war als Hüterin der dortigen Schriften in ihrer Funktion aufgegangen. Laut den Berichten der vorbeiziehenden Wilden Jagd zur Jahreswende hatte Irmengarde sich einen weitbekannten Ruf als Buchmalerin gemacht. Ihre Illustrationen waren in halb Europa zu gesuchten Schätzen geworden.

Von Carolus hatte niemand mehr etwas gehört. Er war irgendwo auf seinem Weg ins Heilige Land verschollen.

Aber Marie war zurückgekehrt und mit ihr zwei kleine großäugige Buben. Das Zwillingspärchen war der ganze Stolz von Ronald, den Marie für den Rest ihres Lebens total verliebt anschaute, sobald sie in einem Raum waren.

Aber das Beste war, dass die junge Familie ihren Wohnsitz auf der Hallenburg bei Reginald nahm. Obwohl die Burg der Sitz eines Hennebergischen Erben geworden war, hatte dieser sich höchst selten hier aufgehalten und das Feld lieber Ronald überlassen. Die Erblinie des Herrn Reginald von der Hallenburg war nach seinem Tod, wenige Jahre nach Maries Rückkehr, ausgestorben.

Marie war Anna bis ins hohe Alter die beste Freundin geblieben, die ein Gespenst sich vorstellen konnte. Über die Jahrhunderte hinweg waren Bewohner gekommen und gegangen, es war gebaut und abgerissen worden. Bis schließlich die Burg in Vergessenheit geriet und Anna als letztes Wesen zurückblieb.

An die Jahrhunderte der Einsamkeit dachte sie nicht gern zurück.

Gebunden an den Ort, an dem ihr Jost gestorben war, existierte sie nur noch vor sich hin. Sie seufzte leise.

Die fröhlich Feiernden waren ihr gerade einfach zu viel. Wenn die Melancholie sie überkam, gab es nur einen Ort, der ihr Halt bot.

Anna erhob sich und ließ den Trubel des Festes hinter sich. Ihr Ziel war eine kleine Ansammlung von Felsen, die recht verborgen in der Nähe der Burgruine aus dem Boden ragten.

Ein unauffälliges Kreuz war vor ewigen Zeiten in den Stein geschnitten worden. Es war über die Jahre verwittert. Moos wuchs über dem Platz, der ihrem Schatz die Ruhe gab, die er schon so lange verdient hatte. Anna ließ sich auf dem weichen Waldboden nieder. Lächelnd berührte sie das Kreuz, dass Josts Grabstätte markierte.

Gibt es ein Leben vor Kaffee? Ne.

Die neue Zeit hatte ihr eine überraschende, ganz besondere Existenz beschert. Anna konnte sich ganz genau daran erinnern, als die Menschen die verfallene Burganlage wieder für sich entdeckten.

Zuerst kamen die Maler und Männer, die sich auf moosüberwucherte Mauerreste hockten und blumige Gedichte verfassten. Anna hatte die romantischen Gemälde und laut vorgetragenen Balladen wirklich und aus ganzem Herzen bewundert. Die Lieder dieser neuartigen Minnesänger waren ganz anders gewesen, als die Poeme und Gesänge zu früheren Zeiten. Irgendwie alberner. Romantischer und weniger herb. Aber das war nicht das Beste.

Plötzlich war sie nämlich nicht mehr allein gewesen. Neues Leben war in die bröckelnden Mauern zurückgekehrt. Es war ein ganz anderes Lebendigsein, dass nun aufblühte und es war zauberhaft.

Dann kamen die Wanderer.

Und mit ihnen die Sonntagsspaziergänger. Angetan in hübschen Kleidern, mit frischen Blumen im Haar und geschnitzten Spazierstöcken eroberten diese die Burg nun für sich.

Und sogar die Handwerker kamen zurück, auch wenn diese nur notdürftige Reparaturen vornahmen. Aber es waren die Gäste der Sonntage, welche Anna die Freude am Dasein zurückbrachten.

Sie wartete schon allwöchentlich sehnsüchtig auf die fröhlichen Besucher. Deren Kinder rannten lachend durch die eingefallenen Hallen und die Erwachsenen breiteten auf netten Plätzen Decken aus. Allwöchentlich veranstalteten die Familien großartige Picknicks die ganzen Sommer über. Fremde, aber überaus leckere, Düfte eroberten mit den Menschen die Hallenburg.

Die Ausflügler, zwischen denen Anna oft wie ein kaltes Lüftchen unbemerkt umherspukte, hatten etwas dabei, dass sie wie ein Magnet anzog.

Anna erinnerte sich schmunzelnd an den Augenblick, als der Duft des herben Getränks erstmals in ihrer Nase gekitzelt hatte. Sie musste niesen und erschrak damit eine ganze Familie beinahe zu Tode.

Naja, sie erschraken. Mehr nicht.

Noch lange erzählte man sich, dass das Gespenst, dass nach wie vor zwischen der Burg und dem alten Mälzerhaus pendelte, nun auch die Sonntagsausflügler belästigte.

Das Publikum änderte sich mit den Jahren wieder. Jetzt waren es eher die jungen Burschen, die es als Mutprobe empfanden, bei Dunkelheit die Burgruine zu durchschreiten. Meistens beobachtete Anna diese nur von fern. Einzig, wenn die Jungs zu vorlaut waren, jagte sie denen einen gehörigen Schrecken ein.

Das klappte recht lange und amüsierte Anna von Herzen. Bis zu jenem schicksalshaften Nachmittag im August 1919.

Zaubertränke. Und Kaffee. Viel Kaffee.

Von ihrem Platz, auf einer Mauer über der kleinen Wiese, beobachtete Anna eine Familie, die regelmäßig bei schönem Wetter hier heraufkam. Wie Anna aus sicherer Quelle erfahren hatte, verbrachten sie die Sommerfrische und so manches Wochenende im beschaulichen Steinbach. Familienoberhaupt Wilhelm besaß wohl ein ansehnliches Haus, dass sie einzig für die Erholungsfahrten und die Sommerfrische nutzten.

Der Fabrikant hatte sein Vermögen mit der Herstellung von diversen hochprozentigen Schnäpsen gemacht, die er in der modernsten Fabrikation Leipzigs herstellte. Sein Gin war angeblich in aller Munde, sogar in denen der britischen Königsfamilie.

Behauptete er zumindest, sobald sich irgendein weiterer Besucher näherte. Unten in der Stadt hatten sie sogar eine Kutsche stehen, die ohne Pferde funktionierte und sie reisten mit der Eisenbahn an. Die Züge konnte Anna von der Burg aus ebenfalls gut beobachten, wenn sie durch die Landschaft schnauften.

Magdalena, seine liebenswerte Gattin, war eine schöne Frau in ihren besten Jahren. Sie trug an diesem Nachmittag ein tiefgrünes Kleid, dass für eine Wanderung nicht wirklich gut geeignet war. Insbesondere, da sie es mit einem ausladenden Hut kombiniert hatte.

Magda, wie ihr Mann sie rief, hatte ihre adretten schwarzen Stiefelchen ausgezogen und hielt die blanken Zehen in die Augustsonne. Ihre Kinder, die sechsjährige Hedwig und der achtjährige Karl, rannten mit Keschern über die Wiese und versuchten, Käfer zu fangen. Wilhelm, deren kindischer Vater stachelte die beiden auch noch an. Magda hingegen schien froh zu sein, dass sie sie in Ruhe ließen. Sie griff nach der kleinen Kanne, in der das Getränk war, dass sie Kaffee nannten. Der herbe Duft erfüllte die Luft und zog Anna an wie das Licht einer Laterne die Motten. Neben ihr rauschte es und sie spürte, wie sich jemand zu ihr setzte.

„Guten Tag, mein lieber Murat. Na, bist du auch mal wieder im Lande?" Seit die Hallenburg dem Verfall preisgegeben und der Zugang zum Tunnel nach dem Einbruch einer Mauer verschüttet worden war, nahm der Dschinn seine Aufgabe nicht mehr allzu ernst. Er hatte vielfältige Interessen entwickelt und trieb sich großzügig in der weiteren Umgebung herum. Klar, er war nach wie vor an das sogenannte Johanniterhaus gebunden, aber Murat war ein Meister darin, seine Wünsche so zu definieren, dass sie mit seiner Aufgabe nicht kollidierten. Wobei diese im eigentlichen Sinn ja nicht mehr existent war, aber niemand hatte für nötig erachtet, ihn davon zu befreien.

Und Anna, als Hüterin der anderen Seite ging es genauso. Wobei bei ihr die Sache ja ein wenig anders lag. Sie hatte ihren persönlichen Schatz, über den sie wachte.

„Träumst du wieder?" Anna wandte sich Murat zu, der sie fragend anlächelte.

„Ich doch immer, weißt du doch. Wie schön wäre es, einfach so leben zu können." Murat legte einen Arm um Annas Schultern. Oder tat zumindest so, denn auch der Dschinn glitt einfach durch sie hindurch. Ihr fehlte eben einfach die Substanz, um für andere greifbar zu sein. Er zog die Beine unter den Körper. Das war auch etwas, dass Anna an ihm bewunderte. Er konnte sich anpassen. Seit Jahren wanderte er auf zwei wohlgestalteten Beinen umher. Klar, es war nur eine Illusion, aber Murat war so in der Lage, sich unauffällig unter die Menschen zu mischen.

„Der Wilhelm da unten, der will eine Dependance in der Stadt aufmachen. Nahe seiner Villa soll ein Fabrikationsgebäude mit Brennblasen gebaut werden, da seine Gemahlin gern hier leben möchte."

Aha, Anna hörte die Nachtigall schon trapsen.

„Und du willst dich bei ihm verdingen und Schnaps brennen? Oder dich einfach immer mal heimlich bedienen?" Murat verzog das Gesicht.

„Was bitteschön glaubst du denn von mir? Ich werde dort arbeiten und das Handwerk lernen. Mit Kräutern und anderen Spezereien konnte ich schon immer gut umgehen. Und mir ist langweilig." Neidisch schaute Anna zu der Familie auf der Wiese. Sie war als weiße Frau zu nichts in der Lage, was nach den modernen Vergnügungen aussah.

Sie konnte herumspuken, die Leute frösteln lassen oder Grusel verbreiten.

Mancher rief sie auch, um sich die Zukunft hervorsagen zu lassen, wo doch allgemein bekannt war, dass da die Weißen die völlig falschen Ansprechpartner waren. Sie waren doch keine Hexen oder gehörten auch nicht dem wandernden Volk an.

„Karl. Du bist unmöglich. Wie kannst du nur!" Anna Blick fuhr zu der Familie herunter, während sie etwas Heißes an ihrer Hand spürte. Karl hatte da soeben ganz offensichtlich einen Volltreffer gelandet.

Den kleinen Lederball hatte Anna vorher gar nicht gesehen. Aber nun lag er zwischen den Scherben der zierlichen Porzellantasse, aus der seine Mutter bis eben ihren Kaffee getrunken hatte. Diese suchte eilends ein Taschentuch aus ihrem Korb, um sich notdürftig zu säubern, während Wilhelm gelassen seine Tasse zu ihr herüberschob.

Neben sich hörte Anna den Dschinn leise kichern.

Das Geräusch erstarb und Anna spürte etwas, von dem sie geglaubt hatte, es nie wieder fühlen zu können.

Es war das Gefühl einer Hand auf ihrem bloßen Arm. Sie hob den Blick von der Familie unter ihnen.

Dort, wo ein großer Spritzer Kaffee sie getroffen hatte, erschien ihre Haut in der Sonne hell schimmernd und stofflich.

Ein Stück ihres Arms war da. In dieser Welt.

Nicht geisterhaft blass und transparent, es war einfach da. Murat strich mit einer Fingerspitze gerade darüber.

„Wahnsinn. Anna, ich kann dich spüren."

Anna atmete tief ein, auch wenn sie das eigentlich nicht musste, aber es war eben eine Gewohnheit, die frau auch nach knapp tausend Jahren nicht abgelegt hatte.

„Der Kaffee. Ich wusste es. Ein Zaubertrank, stärker als jede Hexenkraft." Ihre Worte kamen vor Bewunderung des schwarzen Gebräus nur als leichter Hauch über ihre Lippen.

Sie erhob sich so flink, dass sie einer Windhose glich, wie sie im Sommer so oft über die Felder wirbelten. Anna schwebte flink wie einer der Wirbelwinde, in eine der letzten verbliebenen und unentdeckten Kammern der Hallenburg. Gleich nach ihr erreichte auch Murat den Raum.

„Wir brauchen Kaffee. Viel Kaffee. Das muss getestet werden." Grinsend zog Murat die Kaffeekanne Magdas hinter dem Rücken hervor. So ein alter Schlingel, hatte er die Eltern doch ihres Nachmittagstrunks beraubt!

Anna schüttelte lachend den Kopf.

Murat zog währenddessen ein Taschentuch aus der Hosentasche. Seit er mit Vorliebe auf zwei Beinen unterwegs war, hatte er sich auch in textiler Hinsicht den menschlichen Moden angepasst.

Vorsichtig, um ja keinen Tropfen zu vergeuden, tauchte er das weiße Stück Baumwolle in die Kanne und wrang es sorgfältig darüber aus. Anna war ganz zittrig vor Aufregung. Konnte es wirklich so einfach sein, einen stofflichen Körper zurückzubekommen? Sollte es möglich werden, das Beste aus der Welt der Weißen Frauen und der Menschen in einer Person zu vereinen?

Murat strich mit dem feuchten Tuch über Annas Arm.

Oha. Aaah.

Das war ein wahrhaftiges Wunder. Da konnten alle Hexenflüche und Zauber der Vergangenheit wegen unbedeutender Wirkung einpacken.

Anna hob den Arm näher vor die Augen. Es war alles erschienen, sogar die feinen Härchen, die sich bei Gänsehaut so herrlich kribbelnd aufstellten.

Und die hatte sie. Also, Gänsehaut. Zumindest an dem Teil ihres Körpers, der soeben zurück in die Welt der Sichtbaren geraten war.

Murat benetzte das Tüchlein neu und ließ Annas anderen Arm erscheinen. Ungeduldig schwebte Anna zu dem trüben Spiegel, der an der Wand lehnte und wischte Kraft ihrer neuen Festigkeit die Spinnweben von der matten Oberfläche.

Sie nahm Murat das Taschentuch ab und rieb es über ihr Antlitz. Tränen, die sie seit einem Jahrtausend nicht mehr als Wassertröpfchen hatte vergießen können, flossen über Annas wiedererkennbares altes, gütiges

Gesicht, während Murat sich ihres Halses annahm. Als es darum ging, sich ihres Kleides zu befleißigen, zögerte er. Auch sie selber trieb der Gedanke um, der dem guten Murat offenbar gerade gekommen war.

Musste der Leib unter dem schimmernden, transparenten Stoff, der eher wie Nebel erschien, mit Kaffee befeuchtet werden? Oder gab es gar einen viel besseren Weg? So wie der Dschinn die Kanne nachdenklich betrachtete, kam er gerade zur selben Lösung wie Anna.

Es hieß doch „Liebe geht durch den Magen. Wie so viele andere Gefühle auch. Konnte die Lösung so einfach sein? Ein Tässchen Kaffee? Einen Versuch war es wert. Murat reichte die Kanne an Anna weiter.

„Trink. Versuch es."

Kaffeeknast

Während draußen auf der Wiese zunehmend verzweifelt nach der plötzlich verschwundenen Kaffeekanne gesucht wurde, drehte sich Anna vorm Spiegel. Ihr Kleid hatte die verblasste grüne Farbe angenommen die es hatte, als man vor ungefähr einem Jahrtausend ihren sterblichen Leib darin begrub. Annas Haar schimmerte perlweiß, da sie im hohen Alter von fast achtzig Jahren verstorben war. Als Gespenst, oder eben weiße Frau, behielt man das Aussehen seiner letzten Stunden bei, wenn auch die Zipperlein des Alters und sichtbare Anzeichen von Krankheiten verschwanden.

Allerdings gab es auch eindeutige Nachteile eines festen Körperbaus. Der Raum, in dem sie sich befanden, hatte nämlich seit Jahrhunderten keine Tür mehr, denn die war nach dem Einsturz des alten, nicht mehr genutzten Küchenbaus verschüttet worden. Anna saß daher wenige Minuten später, nachdem sie wie gewohnt durch die Wand hatte gehen wollen, mit schmerzender Stirn in einer Ecke.

„So ein Mist, verflixter."

Murat, der sich das Lachen kaum verkneifen konnte, wich einem zerlatschten Lederschuh aus, den Anna nach ihm warf. Der sollte es wagen, sich über ihre nun recht missliche Lage auch noch lustig zu machen. Immerhin konnte er ja noch durch die Wand dringen.

Murat ploppte aus der Kammer und überließ Anna ihrem Schicksal.

Himmel und Hölle. Warum hatte sie nicht nachgedacht? Es war doch eigentlich nur logisch, dass ein fester Körper nicht durch die Wand kam. Und schon gar nicht mit dem Kopf voran.

Wie die Beule, die ihr gerade auf der Stirn wuchs, schmerzhaft bestätigte. Am liebsten hätte sie den Kopf immer weiter gegen die Wand geknallt, allein, um sich für die eigene Dummheit zu strafen.

In ihrem Alter sollte frau doch zumindest ein wenig weise sein. Nicht nur weiß, sondern weise. Nun blieb nur zu hoffen, dass Murat etwas einfiele, dass sie hier herausbekam. Er konnte ja schlecht die Arbeiter rufen, die unter der Woche hier einige Mauern absicherten und so.

Anna tigerte seit gefühlten Stunden von einer Wand zur anderen, als der Dschinn endlich aus dem Mauerwerk in die Kammer ploppte. Er rieb sich den Staub von den Hosen und zog einen großen Beutel hinter sich her.

„Also. Pass genau auf. Ich habe hier einiges zu tun mitgebracht. Kennst du noch die alte Bibliothek im geheimen Untergeschoß des Johanniterhauses? Wenn wir eine Lösung für dein Problem finden, dann dort." Er zog die Schnur auf, die den Sack verschlossen hielt und breitete einige uralte Wälzer auf dem Boden aus.

Murat, so musste Anna anerkennen, hatte alles mitgebracht, was ihnen Nachricht über Geister, alte

Gottheiten und andere übernatürliche Kreaturen geben konnte.

Nicht umsonst war jener Teil des Bücherschatzes bis heute gut verborgen gelagert.

Anna schnappte sich den erstbesten Folianten und schlug die erste Seite auf. Allein, in dem alten, mit handgemalten Bildern verzierten, Buch blättern zu können, war ein Genuss für sich. Wenn man von dem Problem mit den Wänden absah.

Irgendwann rieb sie sich über die Augen. So müde war sie schon ewig nicht mehr gewesen. Das blöde Buch schien mit jedem Blatt Pergament, dass sie umschlug, schwerer zu werden. Anna sah auf. Murat stand der Mund offen und seine Augen ähnelten Suppenschalen.

„Da brat mir einer nen Storch. Du bist ja beinahe wieder ein Gespenst, Anna Mälzerin. Ich glaube, du hast den Hauptgewinn in einer Jahrmarktslotterie gezogen. Du kannst als Mensch auf Erden wandeln oder als Weiße Frau, ganz wie es dir beliebt. Wir müssen nur dafür sorgen, dass dir der Kaffee niemals ausgeht." Anna blickte auf ihre Hände. Geisterhände. Ganz klar. Sie durchdrang das schwere Buch und stürzte sich durch die Wand.

„Jaaaaa." Ganz auf Gespensterart jaulte sie durch die Burgruine. Dem hellen Streifen am Horizont nach zu urteilen, ging die Sonne in ungefähr einer Stunde auf. Hinter ihr erschien Murat, den Büchersack über der Schulter.

„Ich bringe die in die Felsblase. Da können wir später nochmal weitersuchen. Fürs Erste würde ich sage, flitz ich in den Ort hinunter. Der Krämer an der Straße müsste alles haben, was wir brauchen." „Du willst ihn bestehlen?" Murat hob, mit einem entschuldigendem Blick zu ihr, die Schultern.

„Das nächste Mal entlohnen wir ihn, versprochen. Aber jetzt brauchen wir dringend eine Grundausstattung für dich."

Als der Mittag ins Land gezogen war, saßen Murat und Anna nebeneinander in der Stube eines bis dato verlassenen Hauses unter der Burg.

Murat hatte es, schlau wie der Dschinn war, gegen einige verbliebene Stücke aus dem ehemaligen Johanniterschatz getauscht, dessen Überreste er nach wie vor bewachte. Oder besser gesagt, versteckt hielt, damit sie ja keiner mitnehmen konnte.

Nach dem Ende des schrecklichen Krieges, der in den letzten Jahren von den Menschen veranstaltet worden war, standen einige Häuser leer. Die Männer waren viel zu häufig auf den Schlachtfeldern geblieben. Die Hausfrau genau dieses alten Hauses war zurück zu ihren Eltern gezogen, die ihr bei der Erziehung der drei Kinder helfen sollten. Das wusste Anna ganz genau, waren es doch die Nachkommen eines ihrer Kinder. Jetzt gehörte das Haus, welches ihr Urururururururenkel gebaut hatte, ihr. Natürlich wusste niemand, wer die neuen Eigentümer waren.

Sie planten, sich als Großmutter und Enkel auszugeben, da Murat als Vollblutdschinn eben optisch nicht gealtert war. Falls sich überhaupt jemand für sie interessierte.

Während Murat die Techniken, Kaffee auf europäische und orientalische Art zu brühen, studierte und dazu herrlich duftende Versuche machte, passte Anna die gekaufte Wäsche an ihren Körper an. Sie fügte hier einen Abnäher ein, stickte eine Blüte dort auf und trennte auch einige ungerade Nähte auf, um diese neu zu nähen. Murat hatte an alles gedacht.

Er war gleich nach dem Aufgang der Sonne mit leeren Händen, aber dem Bericht, dass er ein voll ausgestattetes Haus erworben und das Wichtigste an Dingen hineingebracht hätte, zurück zur Burg gekommen. Seitdem hatte Anna drei Tassen starken, schwarzen Mocca geschlürft, trug ein sauberes, schwarzes Kleid, ein mit Blumen besticktes Schultertuch und moderne Schuhe. Die hatten sogar einen kleinen Absatz, wie sie diese bei einigen Frauen schon bewundert hatte, die die Ruine besichtigt hatten. Laufen konnte sie damit zwar noch nicht, aber es fühlte sich schon gut an, endlich auch körperlich in dieser neuen Zeit anzukommen.

Als die Nacht einbrach, reifte in Annas Herz ein Plan. Wenn sie schon zwischen den Stofflichkeiten wechseln konnte, dann sollte es doch möglich sein, dass eigentlich Unmögliche zu versuchen?

Von der Gewalt alter Zauber.

Also, in einem Bett zu schlafen wie es als Mensch üblich war, würde nichts für Anna werden. Die Nächte verbrachte frau eindeutig lieber in ihrer bisherigen Form.

Das beschloss sie, als der Tag gerade eben zu grauen begann.

Anna verzichtete auf ihren neuen Zaubertrank und stahl sich silbrig schimmernd davon. Oben in der Burgruine legte sie die Hand auf einen schmalen Mauerteil, der zwischen zwei Schuttbergen heil hervorschaute. Die Schlüsselsteine bewegten sich, ganz so, wie sie es schon seit Ewigkeiten getan hatten. Sie brauchte den Durchgang jetzt zwar nicht, aber später würde er für sie von absoluter Wichtigkeit sein. Geöffnet werden musste dieser nämlich von ihr allein. Nur ganz selten hatte sie Menschen erlaubt, es selber zu tun. Aber dann hatte sie trotzdem in Geisterform in der Nähe sein müssen.

Als Murat, die Sonne stand bereits recht hoch am bewölkten Himmel, auch den Tag begonnen hatte und sie gemeinsam ein Frühstück aus Kaffee, Brot und Marmelade zu sich genommen hatten, stieg Anna zurück zur Burg. In ihren neuen Kleidern, so hoffte sie, dort droben nicht aufzufallen.

Da es noch sehr früh und außerdem schlechtes Wetter war, sollte sie weder auf Bauarbeiter noch, zumindest um diese Uhrzeit, auf Ausflügler treffen.

Am Arm trug sie einen geflochtenen Korb, der alles enthielt, was sie in der nächsten Stunde benötigen würde. Dichter Sprühregen legte sich über ihr Haar, durchnässte das Kleid und ihren kurzen Mantel, den sie über dem modischen Kleidchen trug. Dass die Knöchel vom Rock unbedeckt blieben, fand Anna toll. So konnte man sich viel besser bewegen. Demnächst musste sie unbedingt probieren, Hosen zu tragen. Erst letztens war eine Frau mit diesen Beinkleidern angetan zur Burgruine gekommen und hatte sogar mühelos Mauern erklommen!

Anna zwängte sich durch den Spalt, den sie früher am Morgen eröffnet hatte. Sie stellte den Korb ab, sobald sie drinnen war und begann ihr Werk.

Die Truhe mit ihrem Schatz lag unversehrt in der dafür bestimmten Nische. Sie schob den Deckel beiseite und hob ein Knöchlein nach dem anderen heraus. Anna bettete diese auf ein wollenes Tuch, dass sie extra dafür eingepackt hatte. Sie hielt die Tränen nicht zurück, die ihr beim Anblick des winzigen Schädels in die Augen stiegen. Überreste des kleinen Leinenkäppchens, welches Josts Köpfchen einstmals vor der Kälte geschützt hatten, klebten noch daran. Auch von seinem Wickeltuch und dem Hemdchen waren auch nach über einem Jahrtausend noch Reste übrig. Als letztes entnahm Anna die kupferne Truhe, in welcher ihr Schatz so lange geruht hatte.

Als sie den Spalt wieder verließ, knirschten die Mauern, als würde die Burg nicht gutheißen, was sie da soeben zu tun plante.

Aber das war Anna nun so was von egal. Niemand lebte mehr hier und als Schutzfeste wurde die Burg auch schon Jahrhundertelang nicht mehr genutzt. Nichts konnte ihr im Augenblick weniger gleich sein. Endlich bekam sie die Chance, ihren Herzenswunsch eigenhändig zu erfüllen.

Mit ihrer wertvollen Fracht im Korb rannte sie förmlich an die Stelle, die sie seit Jahrhunderten als den Ort auserkoren hatte, an welchem ihr Jostlein seine ewige Ruhe finden sollte.

Ein verwittertes Kreuz war in einen unbehauenen Stein geschlagen worden, der seit jeher die Grabstätte ihres Gemahls und der gemeinsamen Kinder markierte. Marie, als die beste Freundin, die man haben konnte, hatte zu ihren Lebzeiten veranlasst, dass der Stein mit dem Zeichen des neuen Gottes versehen wurde.

Anna griff nach der kleinen Schaufel, die sie wohlweislich mitgebracht hatte und hob ein Loch im weichen Boden des Waldes aus. Von hier aus konnte der Blick über das Tal schweifen, trotzdem geschützt durch eine alte Buche. Es war ein uralter, heiliger Ort, der schon vor der Zeit des Christentums genutzt wurde, um die Toten zu bestatten.

Manchmal fühlte sie sich hier ihren Liebsten ganz nahe. Als würden sie ihr Mut zuflüstern. Und endlich war sie in der Lage, auch ihr letztes Kindlein so zu begraben, wie es das schon vor Urzeiten verdient gehabt hätte.

Vorsichtig bettete sie die Decke mit Josts Überresten hinab in das Loch. Der frische Waldboden duftete nach Moosen, Pilzen und dem reichhaltigen Leben.

„Schlafe gut, mein Kleiner. Grüß bitte deinen Vater von mir und auch deine Brüder und Schwestern." Ein letztes Mal streichelte sie über den winzigen Schädel. Als sie die Decke über dem kleinen Leib sorgfältig feststeckte, wurde ihr bewusst, dass sie nun endgültig Abschied nahm.

Anna holte zittrig Luft und sammelte eine Handvoll der feuchten Erde auf. Diese war durchsetzt mit vielen kleinen Blüten des Sauerklees, die wie weiße Sternchen für Jost schimmerten.

Es war, als würde er erst in diesem Augenblick wirklich gehen.

Erst jetzt schien das Bübchen zur Ruhe zu kommen. Als die Decke vom Waldboden gerade so bedeckt war spürte sie es.

Eine Berührung, leicht wie ein Blatt, dass der Wind durch die Luft trug, streichelte über ihre Wange. Sie legte die Hand an die Stelle.

„Ja, geh mein Liebes. Du hast dir deinen Platz im Himmelreich redlich verdient."

Als der letzte Krümel Erde das Gräblein bedeckte, bebte der Boden.

Anna wandte den Blick zum Himmel. Was war denn jetzt noch? Sie hatte das Kindchen doch nun endlich in ein Grab gebettet, wie es sein sollte?

Sogar unter dem Kreuz?

Das Beben verstärkte sich. Der Berg schien sich zu wehren.

Völlig entgeistert starrte Anna das Grab Josts an.

„Bitte. Er sollte endlich seine Ruhe haben. Herr, was willst du denn jetzt noch? Bei allen Göttern. Gebt. Ihm endlich. Seinen. Frieden!"

Sie schrie ihren Ärger heraus, als ein ohrenbetäubendes Krachen einsetzte. Es knirschte, polterte und brüllte, als ob die Welt in sich zusammenfiel. Staub stieg auf.

Anna sprang hoch, klammerte sich an die Buche und blickte sich um. Musste so was auch passieren, wenn sie gerade in einem festen Körper steckte? Und vor allem, wenn sie sich einmal die Schwäche erlaubte, als Mensch und Mutter zu trauern?

Alte Baumeister wussten es ja doch. Mist.

Oh Je. Oh je, oh je, oh je. Als sie ins Tal blickte, wurde ihr zum ersten Mal seit einem Jahrtausend übel. Sie war schuld.

Es war ganz allein ihr Egoismus, der da unten gerade hoffentlich kein Menschenleben kostete. Was sie da beobachten musste, war einfach grausam.

Sie verfluchte ihre Zweifel am Wissen der alten Baumeister. Noch nie hatte sie den Tod eines Menschen wissentlich verursacht. Und jetzt, wo sie gerade wieder einen Körper erhalten hatte, geschah ein solches Unglück. Das würde sie sich nie verzeihen. Nur für ihren und Josts Seelenfrieden hatte sie Menschenleben aufs Spiel gesetzt.

Das Beben verging und Anna rannte los.

Ganz in der Nähe ihres neuen alten Hauses war das Chaos besonders groß. Staub schwängerte die Luft, sodass man kaum die Hand vor Augen sehen konnte, Menschen schrien, Hunde heulten und die Glocke der Kirche läutete Sturm. Ein Blick nach oben genügte ihr. Ein Teil des Felsens, auf dem die Burgruine thronte, war abgebrochen und ins Tal gestürzt.

Die Schuld schnürte ihr die Kehle zu. Wenn sie doch die Gebeine Josts gelassen hätte, wo sie waren. Niemals hatte sie den Behauptungen der Bauherren zu ihrer Lebzeit Glauben geschenkt.

Es hatte einfach nicht wahr sein können. Und jetzt sah sie das fürchterliche Ergebnis ihrer Zweifel mit eigenen Augen.

Der Felssturz hatte ein Gebäude getroffen und teilweise unter sich begraben.

Zitternd stand sie am Rand des Geschehens. Als der Staub sank, rannten gespenstische Wesen zu der Unglücksstelle. Alle waren grau vom Schmutz, in den Gesichtern wahre Panik und Erschrecken. Man begann, Steine wegzuräumen und Namen zu rufen. Annas Herz erfror. Was würde sie darum geben, die Zeit einige Stunden zurückdrehen zu können.

Aber schon Augenblicke später stellte sich heraus, dass die Werkstatt, denn um eine solche handelte es sich, leer gewesen war.

Niemand war zu Schaden gekommen.

Anna schickte ein Stoßgebet zu den alten und neuen Göttern. Die Seele ihres Jost gegen eine andere Seele einzutauschen, wäre einfach zu viel für sie gewesen.

Eine weiche Hand legte sich auf ihre Schulter.

„Komm. Hier können wir nicht helfen. Lass uns nach Hause gehen." Anna ließ sich von Murat wegführen.

Kaffee und ein Gin-Dschinn

Ein letztes Mal strich Anna über den Grabstein ihrer Familie. Von unten hörte sie die fröhlichen Stimmen, die das Fest begleiteten. Es hatte sie Jahre gekostet, mit sich ins Reine zu kommen.

Durch ihre Liebe zu dem so lange von ihr bewachten Kindchen, dass allein sterben musste, und um dessen Erlösung sie gerungen hatte, war ein großes Unglück geschehen. Nur durch viel Glück hatte ihr Egoismus nicht das Leben von Unschuldigen gekostet.

Für die Steinbacher war es nur ein Felsen gewesen, der verwittert wie er war, ins Tal gestürzt war.

Für Anna hingegen war der Stein ein Mahnmal, für das, was die Liebe ins Rollen bringen konnte.

Nämlich unter anderem gewaltige Steine.

Was des einen höchstes Glück war, konnte dessen Nachbarn vernichten.

Wie dieses Gesicht aus den Sagen, dieses Janusgesicht. Gut und Böse als zwei Teile eines Ganzen.

Sie erhob sich und schob die trüben Gedanken beiseite. Heute wurde gefeiert. Und außerdem hatte Murat ihr eine neue Sorte Gin versprochen, den sie unbedingt verkosten musste. Mit den zahlreichen menschlichen Freunden, die unten auf der Spielwiese auf sie warteten. Und im Gin wäre außerdem auch Kaffee drin. Hatte er ihr zumindest versprochen.

Was ihn umso verführerischer für Anna machte.
Denn....

KAFFEE MACHT MÜDE MENSCHEN MUNTER....

Oder gab Gespenstern und weißen Frauen Substanz.
Oder so.

Was die alten Bücher so berichten

Als am 20. August 1919 die an der Westseite hängende, steil hervorspringende Felskanzel abstürzte, wurde das Gesamtbild der Hallenburg zerstört.

Das Unglück hatte sich allerdings schon lange Zeit vorher angekündigt. Auf verdächtige Sprünge in der Felskanzel reagierte man mit einem Warnschild und der Sperrung des Geländes.

Der herabstürzende Porphyrfelsen riss eine Werkstatt im Tal mit sich und zerstörte diese vollständig. Wie durch ein Wunder wurde dabei niemand verletzt.

1945 wurde die Ruine in die Liste der geschützten Denkmäler des Kreises aufgenommen. Es wurden erhebliche Geldmittel zum Erhalt zur Verfügung gestellt.

Seit 1984 bekrönt endlich wieder eine Dachhaube nach altem Vorbild den Turm.

Innerhalb der Hallenburg soll irgendwo noch eine eiserne Türe verborgen sein, die einen Gang verschlossen hält, der bis in das ehemalige Johanniterhaus Kühndorf am Dolmar führe. Auch eine weiße, wandelnde Jungfrau soll sich zuzeiten in den Burgtrümmern blicken lassen und im Gemäuer soll eine Höhlung sein, darin ein Särglein mit den Gebeinen eines eingemauerten Kindes gestanden.

Am Berge steht ein altes Malzhaus, bis zu welchem jene Jungfrau wandelt, um nach ihren anderen Kindern zu schauen. Die weiße Frau wurde inzwischen aber schon lang nicht mehr gesehen. Auf dem Hause ist ein kleiner Turm mit einer Glocke, die früher auf der Burg hing und das Silberglöckchen heißt,

weil ihr Klang so silberhell und rein.

(nach Bechstein und unbekannten Quellen)

Ich hätte da noch was zu sagen...

Die Geschichte um Anna basiert auf den im Kapitel vorher zu lesenden Mythen.

Aber.

Sie ist ein Märchen.

Ungereimtheiten in realen Moden, historischen Zeitabläufen und so weiter, gehen auf meine Kappe. Reginald von den Hallenburgern ist, zum Beispiel, ein realer Charakter, der aber in eine fiktive Geschichte hineinkatapultiert wurde.

Er residierte wahrhaftig auf der Hallenburg. Genauso wie die weiße Anna. Behauptet sie zumindest. Aber immerhin wurde Anna über die Jahrhunderte hinweg immer wieder mal gesehen.

Im Anschluss an diese Worte habe ich mir erlaubt, einen Ausschnitt aus dem passenden Kinderbuch über Annas Seite der Geschichte anzufügen.

Ein wenig abgewandelt ist diese schon, aber macht euch hoffentlich genauso viel Freude wie mir.

Eigentlich war genau eine Geschichte geplant.

Aber Marie, Anna, Reginald und Ronald hatten andere Pläne. Ich vermute ja ganz stark, dass Murat die Finger da im Spiel hat.

Aber ich möchte mich an dieser Stelle noch bei ganz lieben Menschen bedanken.

Dagmar, Andrea und Sindy, die mich inspirierten.

Bei den vielen lieben Helferlein und Geschichtenerzählern, Bücherbeschaffern und mit Rat- und-Tat-zur-Seite-Stehern, die ihre Fingerlein auch mit in den Geschichten haben, aber euch alle aufzuzählen, gäbe ein eigenes Büchlein.

Bei euch, meine lieben Leser, ebenso, denn ihr verdient ein riesiges Dankeschön, weil ihr bis hierher durchgehalten habt. Und natürlich rufe ich ein Dankesehr an meine Familie, die es immer wieder mit mir aushalten, gerade, wenn die ungeliebte Überarbeitung eines Buches ansteht und ich ein wenig grummelig werde.

Margarethe Alb

Das Spinnennetzgespenst

Ein Märchen von der Hallenburg

Zu ganz alten Zeiten, als die Hallenburg, die hoch über dem heutigen Städtchen Steinbach-Hallenberg thront, noch eine nagelneue Burg war, geschahen dort gruselige Dinge.

Viele Besucher schauten sich die Burganlage an. Obwohl diese hochmodern und hübsch anzusehen war, wagte kaum einer der zahlreichen Gäste, dort zu übernachten. Denn es ging das Gerücht um, dass ein Gespenst sein Unwesen in den Sälen und Kammern triebe. Eine sogenannte weiße Frau sollte herumgeistern. Und man sagte ihr nach, für jeden Schabernack zu haben zu sein.

Das glaubte Anna nicht. Es sollte ein gruseliges Gespenst geben? Sie schüttelte den Kopf. Hier gab es keinen anderen Geist, hier spukte nur sie.

Und Anna war gar nicht gruselig, sie war hübsch. Spinnennetzhübsch.

Ein Märchen zum Vorlesen und Selberlesen für alle ab 4 Jahren.

Die Ruine der Hallenburg, die hoch oben über Steinbach-Hallenberg thront, war vor langer Zeit einmal eine wundervolle Burg. Ihre Mauern waren dick und hell, die Dächer leuchteten in der Sonne.

Als diese neu errichtet worden war, besuchten den dort wohnenden Ritter Reginald viele Gäste, um sich alles ganz genau anzuschauen. Die großen Säle wurden bewundert, der Turm bestaunt und die dicken, begehbaren Burgmauern, welche guten Schutz vor Feinden boten, fanden die Besucher einfach toll.

Aber nur sehr wenige wagten es, in den geräumigen Kammern zu übernachten. Denn es rankten sich ziemlich schnell einige echt gruselige Geschichten um ein Gespenst, dass allnächtlich durch die Räume spuken sollte. Das war allerdings komisch.

Eine nagelneue Burg stand da und darin sollte schon ein Gespenst hausen? Zogen die nicht eigentlich nur in uralte Gemäuer ein?

Und dieses Gespenst wohnte angeblich schon seit dem Bau der ersten Mauer in einer geheimen Höhle unter der Burg.

Dem Gespenst, denn das gab es wirklich, machten diese Gerüchte Spaß. Die weiße Anna freute sich diebisch darüber, dass die Menschen sich fürchteten, obwohl sie ihr doch nie begegnet waren!

Das war sogar für ein Gespenst eine Meisterleistung. Jawohl.

Sie hatte es sich auf der Hallenburg wirklich so gemütlich gemacht, wie ein Gespenst es sich machen konnte. Ihr Zimmer war nicht im Turm oben, wo die feinen Damen ihr Bett stehen hatten. Nein, sie hatte es sich in einer verborgenen Kammer unter der Burg eingerichtet, da waren die Gerüchte schon wahr. Woher auch immer die Besucher der Burg das auch wussten.

Sie brauchte dafür weder ein Bett noch einen Tisch, ihr genügte der Hohlraum, der sich vor Ewigkeiten von allein im Felsen unter der Burg gebildet hatte. Und sie liebte Spinnenweben.

Diese zarten und doch so herrlich reißfesten Gebilde schmückten jeden Fleck ihrer Wohnung. Extra dafür hielt sich Anna einige der fleißigen Spinnen, die jeden Abend mit Fliegen und anderen kleinen Insekten für ihre fleißige Arbeit belohnt wurden. Erst dann brach sie auf, ihre eigentliche Tätigkeit zu verrichten.

Sie bewachte vom ersten Tag an die Hallenburg und ihre Bewohner vor Gefahren und sogar vor bösen Zaubern, die hin und wieder von irgendwelchen Hexen über jemanden gelegt wurden. So ein Fluch konnte nämlich schlimm enden. Man stelle sich vor, wenn eines der Küchenmädchen plötzlich Kröten in die Suppe der Herren spucken würde. Oder Würmer niesen.

Die Tochter des Ritters hieß Marie. Anna hatte immer ein Auge auf sie, denn sie mochte die sanfte, nette Ritterstochter wirklich gern. Auch diese kannte die Geschichten um das Gespenst, wenn sie auch behauptete, kein Wort davon zu glauben. Anna lachte im Stillen darüber, dass Marie sich immer häufiger umdrehte, wenn Anna ganz dicht an ihr vorbeiwehte.

Zwei weitere Sagenadaption aus meiner Feder betreffen den Haderholzgrund und das Bärental bei Seligenthal.

Schaut doch auch dort mal vorbei!

Margarethe Alb

Kristallklare Ewigkeit

Die große und überaus mächtige Weiße Frau Aeola trug einmal einen anderen Namen. Damals, als sie noch ein menschliches Leben führte. Violante war einstmals die Tochter des Ritters Odo. Wie es sich für ein Fräulein im Jahre 968 gehörte, war ihr Lebensweg vorbestimmt. Sie musste heiraten, um Allianzen zu festigen. Oder doch nicht?

Das würde sie, wenn da nicht der Zauber der alten Wesen der Wälder wäre und sie erkannt hätte, dass sie so viel mehr war. Eine Herrin über Teile der Wälder.

Wenn sie nicht plötzlich in eine Existenz gezogen würde, die ihr noch kurz zuvor unglaubhaft erschien.

Oder, wenn da nicht der Erbe der Nachbarburg wäre.

Für größere Leser ab 12 Jahren.

Erschienen bei Amazon (TB) und BoD (Hardcover), erhältlich im Buchhandel.

Margarethe Alb

Die falschen Taler

Auf der Suche nach einigen ausgebüxten Ziegen finden die Hirtenjungen Hans und Georg eine glänzende Münze am Rand der Straße. Eine Münze, die mit ihrem goldenen Glanz verspricht, dass die Familie satt zu Bett gehen wird. Aber bringt das Goldstück wirklich Glück oder reißt das Abenteuer, in welches sie die Jungen verwickeln wird, alle ins Unglück?

Ein Märchen um Recht, Unrecht und vollgefutterte Bäuche. Nach zwei wahren Begebenheiten aus dem Thüringer Wald.

Zum Vorlesen und Selberlesen für Menschen ab 4 Jahren.

Erhältlich im Buchhandel.